林家たい平
特選まくら集

高座じゃないと出来ない噺でございます。

林家たい平［著］
十郎ザエモン［解説］

JN170395

竹書房文庫

目次

まえがき　6
編集部よりのおことわり　8
「演目当てクイズ」のご案内　9
「飛ぶ鳥を落す勢い」とは　10
名前は、よく吟味して　31
いつでも修行中　35
ベトナムの幸せ　40
たい平一門かい？　42
子供向けの落語会にて　46
ニコラシカ　48
遺伝というもの　50
談志師匠の思い出　54

便利の代償　62
息子の部活動　67
ぼくの趣味は何？　70
選挙演説のような「まくら」　78
謝り方を学ぶ　87
人との触れあいで得るもの　90
あずみと木久蔵くん　93
息子と鯵釣　99
流行語大賞を考える　107
バースデー・ケーキがラッシュする季節　116
絶対に喋っちゃいけない手術　120
想像力のエンジン　130
十八年目の『芝浜』の会　141
恵方巻の文化論　146

旅空の下、床屋にて　149
樵になった友人のこと　167
バレンタインデーの思い出　174
桜の季節の新真打たち　181
絶対に内緒の男　189
精悍になったわたし　199
マラソンたい平記　207

解説　十郎ザエモン　241
「演目当てクイズ」　答えあわせ　249
QRコードをスマホで読み込む方法　250
落語音声配信QRコード『紙屑屋』　251
落語音声配信QRコード『粗忽の釘』　252

まえがき

ご存じテレビ番組「笑点」で大活躍の林家たい平さん、日本テレビ系列「24時間テレビ」での100・5キロマラソン完走も記憶に新しいところでしょう。

さて、それほど活躍中のたい平さんですが、本業はいわゆるテレビ・タレントではなく落語家さんなのです。「そんなこと言われなくても知ってるよ。」というそこのあなた、では、うかがいます。

「落語家っていったい何をする人なのでしょうか?」

「笑点」の大喜利《おおぎり》で気の利いた回答を出して笑いをとる職業の人、なんてお答えでは(それも落語家の仕事の一部ではありますが)全体を言い表しているとは言えないので、間違いです。

大きく言いますと落語家とは座布団にすわり、着物を着て一人でさまざまな人物を演じつつ物語を語る芸人のこと、と表現すればよろしいでしょう。細かい条件はさらにありますが、基本的な意味はこれで分かっていただけると思います。さらに言えば、江戸の昔から存在する伝統的な寓話や物語などを含めた様々な噺《はなし》=〝落語〟を聴衆に向けておしゃべりし笑いや感動を届けること、これこそがたい平さんの本来の仕事であり、〝たい平落語〟と呼ぶテレビでは決して味わえないたい平さんの魅力が、たっぷりと存在しているのです。

落語について少しだけ解説を加えますと、そこには当然ストーリーの本編（本筋）が存在しており、その中にいろいろなギャグ（落語では〝くすぐり〟と呼ぶ）を織り交ぜながら笑いを生んでいくわけですが、この本編に入る前の短い噺、これを〝まくら〟と呼び、本編へスムーズにお客様の耳をいざなう重要な役割があるのです。

たい平さんはこの〝まくら〟のおしゃべりが実に面白く、多岐にわたる世間の話題から巧妙に笑いを交えながら落語本題へとつなげて飽きさせません。すでに発売されているたい平さんのCDやDVDでも少しはその片鱗を味わうことができますが、実はCD等に収録されなかった落語会の方が圧倒的に多いのです。そんな全国の生の落語会になかなか接することのできないお客様に、たい平さんのこの〝まくら〟の面白さをお伝えできればと考え、ここに数々の楽しい〝まくら〟を「特選まくら集」として紙上再録いたしました。読むだけでも十分に伝わるたい平さんの多彩なまくらを、堪能していただきたいと存じます。

お読みになる前にひとつだけご注意申し上げておきますが、落語家さんは目の前にいるお客様に笑っていただこうとして、ついついエピソードを大げさに伝える場合（世間一般では〝盛る〟

など申しますが）が多々ございます。

そのあたりを頭に入れておいてください。

なお、この本では音声配信で落語本編を楽しむ仕掛がありますので、まくらだけでなく音の方でも落語を楽しんでいただければ幸いです。

十郎ザエモン（落語CD、DVDプロデューサー）

編集部よりのおことわり

◆本書は「まくら」を書籍にするにあたり、文章としての読みやすさを考慮して、全編にわたり新たに加筆修正いたしました。

◆本書に登場する実在する人物名・団体名については、著者・林家たい平に確認の上、一部を編集部の責任において修正しております。予めご了承ください。

◆本書の中で使用される言葉の中には、今日の人権擁護の見地に照らして不当・不適切と思われる語句や表現が用いられている箇所がございますが、差別を助長する意図を持って使用された表現ではないこと、また、古典落語の演者である林家たい平の世界観及び伝統芸能のオリジナル性を活写する上で、これらの言葉の使用は認めざるえなかったことを鑑みて、一部を編集部の責任において改めるにとどめております。

「演目当てクイズ」のご案内

たい平師の高座は、現代の時事ネタで客席を楽しませてから、古典落語にごく自然にさりげなく入っていく現代風のスタイルです。しかし、導入部の漫談部分に、昔ながらの「まくら」の要素も練り込まれています。これから演じる古典落語を暗示したり、噺の設定を簡単に紹介したり、常に〝はじめて落語を聴く聴衆〟を意識して演じています。

そこで本書は、落語を聴き込まれている読者の皆様に、もう一つのお楽しみで、「古典落語演目当てクイズ」を設けました。本書のまくらを読まれている内に、ご通家の方ならば、この後に続く古典落語の演目が予想できると思います。

前作の「快笑まくら集」では、難易度をつけて回答ページに解説を付けさせていただきましたが、今回は「まくら」部分をたっぷり収録するために、頁数の都合で、難易度と解説は割愛させていただきました。読者の皆様の想像力と予想を駆使して、存分にお楽しみいただけましたら、幸いです。

「飛ぶ鳥を落す勢い」とは

二〇〇八年九月七日　三鷹市芸術文化センター　星のホール
「林家たい平独演会」より「演目当てクイズ1」のまくら

一杯のお運びで、ありがたく御礼を申し上げます。
えー、いきなりオレンジ色の着物で登場いたしまして、あの、最近はオレンジ色を着ていないと何か、お客さんが凄く不満そうな顔をするンですねえ（笑）。ですから、なるべく二席あるときには、オレンジ色の着物を一度は着ないと、子供たちが誰だか分からないと言う（笑）。『笑点』に出るようになってありがたいですけど、『笑点』に出るようになってから名前は憶えられなくなりましたね。先ほど三鷹の駅前で、ずぅーっとわたしの袖《そで》を放さないおばさんがいて、
「あんた、あれでしょ？『笑点』のオレンジでしょ？」（笑）
って、名前で呼ばれないことが多いンですねえ。また、『笑点』に出るようになりまして、今日ではないンですけど、ちょっと前にやはり中央線に乗っておりましたらね、隣に子供とお母さんが座って、子供は小学校四年生ぐらいの子ですかね、ずっと『笑点』を観

てくれているのか、ずぅーっと小さい声でお母さんに、

「……隣の人は、『笑点』の人だよ……」

って、言ってるンですよ。すると、お母さん、

「そんな訳ないじゃないの」

「だって本当だもん。『笑点』のオレンジの人だよ。お母さん、オレンジの人だよ」

お母さんがちょっとこっちを見ながら、

「何を言ってるの。『笑点』に出るような人が、中央線に乗っている訳ないでしょ」（笑）

もの凄く恥ずかしい思いをしました。車で移動しているのかなと思うと、そうではございません。電車が一番ですよ。

三鷹はいつもいつも井心亭というところで演らせていただいて、小さい会場《ところ》なんですけど畳敷きで、昔、ああいう寄席が、本当に都内にはたくさんあっただろうなぁというような、とっても良い雰囲気の寄席なんですね。

で、もう、五、六年前からはじまったンでございましょうか、ですから小学校一年生だった子が、もう小学校六年生ぐらいになって、ずっと一番前で観ているンですよ。常に観ておりましてね。で、落語やっている途中で、その子供がメモの所に×をしたような……（笑）。

×をしたかな？　何に×をしたのか、分からないンですけれども。もの凄くそれが気になって、落語に集中できなかったりするンですね。で、帰りにその子供を捕まえて、

「あのう、何が楽しくて来てる？」

って訊いたら、

「うん、今ね、師匠候補が三人に絞られた」（笑）

って、言ってました（笑）。何か四人いる中を三人に絞ったらしいンですね。その×は何なのかは、教えてくれないンです（笑）。

でもまあ、子供の頃から、ああいうふうに近くで落語を聴くという環境があると言うのが良いですね。ぼくなんか田舎でしたから、落語の「ら」の字も知らないで大人になって、大学生になって初めて落語に触れた訳です。まあ、そういう意味で言うと東京に住んでいらっしゃる方は、こうやって本当にちょくちょく、ちょっと行く気を起こせば、落語というものが観られる訳ですからねえ。良い環境だなぁと思って、羨ましく思うンでございます。

夏も終わって九月になって、少し涼しくなるかなぁと思ったら、また、今日は暑さが戻ってきましたねえ。季節というのが、ドンドンドンドン無くなっている……。四季があるとても素敵な日本なんていうのも、もう、無くなるかも知れませんね。

ぼく、もう、何年から前から言い続けていることが、怖ろしいぐらい……、現実になっています。三年ぐらい前からずっとね、少年犯罪のキーワードは、「誰でもよかった」なんて話をしておりましてね。そしたら、秋葉原の犯人も「誰でもよかった」なんて言う、そういう時代になっているンですね。だから、三年前だったら、それで笑いが来てたンですよ。「誰でもよかった」、「こういう時代はね、落語で救いましょう」って、そこの市長さんと握手をして、

「でも、本当に今日はお招きいただいて、ありがとうございます」

って言うと、

「いやいや、落語家だったら誰でもよかった」（笑）

だとか、そんなのが笑いになってたンですけど、最近はね、笑いにならないぐらいに、怖ろしい事件、事故に「誰でもよかった」というものが使われるようになる。二年ぐらい前から、よくわたしが話をしている〝まくら〟の中で、

「最近は夕立という言葉ではもう、形容出来ないような雨が降るようになりましたねえ」

って言ったら、最近は「ゲリラ豪雨」という言葉が出来ましたでしょ。あの「ゲリラ豪雨」って言葉も嫌ですねえ。何かもっと素敵な日本語で作ればいいンですけど、ゲリラと豪雨をくっ付けて、何だか下品な造語と言いますか……。

昔は、夕立なんてとっても素敵だったでしょう？　夕方に立つで、夕立ですよ。昔の日本人は、ちゃんとその言葉を選んで雨一つ一つに名前を付けていったンですけど、最近はそういうことも、色っぽさというのが世の中に無くなっておりますから、ゲリラ豪雨……、ねえ、嫌ですね。

ぼくがたまたま雨宿りをしていたら、茶髪の兄ちゃんとお姉ちゃんが、ぼくの前で雨宿りをしていた。凄い雨を見ながらね。

もう今は、熱帯性気候に入っているンですよ、日本も。だから、あと五年もするとね、主食が米からバナナに代わるンですよ（笑）。だから、減反なんて言っている場合じゃなくて、もう、減バナナとかね。バナナに代わる予感は感じましたね、二年前から。あの東京のマラソンで、三万人しか走ってないのに、六万本もバナナが用意されているというね（笑）。まあ、そういうことで、ドンドンやっぱり変わっているンですね。

で、そんな話をして、凄い雨のゲリラ豪雨を見ながら、ぼくの前の兄ちゃんと姉ちゃんが、話をしていて、

「凄えなぁ、オイ。飛ぶ鳥を落とすような勢いの雨だな」（笑）

お前は何を言っているンだ。蹴飛ばしてやろうと思ったンですよ。でもね、蹴飛ばさないで済んだって話をしていたンです。何故かと言うと、ぼくも同じ雨を見てたからで

すよ。……確かにこのところの雨を見ると、「鳥は落ちるな」と思いますでしょ（笑）？飛んでいる鳥を見たことが無いでしょ、あの最中に？

だからね、そう考えてみたら、もう言葉はね、ドンドンドンドン進化してしまって、その言葉に今の気候がくっ付いて来てしまったり……。「飛ぶ鳥を落とすような勢い」ってどういうときに正式に使うかと言うと、

「林家たい平は、今まさに、飛ぶ鳥を落とすような勢いだ」（笑）

こういうときに正式に使うンですけど、でもね、その雨を見ていたら、さっき言ったみたいに、飛ぶ鳥を落とすような勢いなんです。

で、目の前にいるこの茶髪の兄ちゃんは、そういうものを頭の中にインプット出来るタイプではないンです。用法用例を頭の中に学習として知識として蓄えているようなタイプではなかった。と言うことは、「飛ぶ鳥を落とすような勢い」なんて言葉が、世の中に存在しないという……そこからスタートして、彼はまさに降る雨を見ながら、真っ白なキャンパスに言葉の絵の具を置いていったンです（笑）。

してみたらねえ、どっちが人間的に優秀ですか？　我々は知識として、教えられたことでしか表現出来ない我々に対して、彼は全く何にも無いところから言葉の糸を紡いでいくことが出来る（笑）。これは、こっちのほうが人間的に、ことによったら優秀かなぁと思

いまして、それ以来わたしは、もの凄い雨を見ながら、いつも心の中で、「飛ぶ鳥を落とすような勢い……」（笑）

先ずは三鷹から広げていただければありがたいンですけど。

そういうふうに、何ですかね、本当にそんな話をしていると、ドンドンドンドンこうやって、社会がついて来たり、怖ろしい時代、まあ、そういうことは笑い話の中に納めておきたかったことが、ドンドンドンドン現実となって、また更に、現実を超える怖ろしさになってますから、笑いに跳ね返って来ないンですね。

相撲協会が抜き打ちの尿検査しました。落語協会も（笑）、「これはやらなければいけない」と、向こうは財団法人ですけど、我々は借金だらけの社団法人でございますから、とりあえず会長の馬風師匠（当時）はじめ皆で、「抜き打ち尿検査」（笑）。突然、「これから尿検査をします」

って、一昨日あったンですけど、ほとんどが年寄りで蛇口が壊れておりますから（笑）、なかなか線まで溜まらないというような状況で（笑）。一時間、二時間経っても、ずぅーっと便所にいる師匠もおりますし（笑）。……ようやく抜き打ち尿検査が終わりました。

もう、相撲協会よりも大変な事実が、次から次へと明るみに出てる（笑）。腎臓病

(笑)、肝臓病(笑)、痛風、糖尿病(笑)、高脂血症、もう大手術が必要なのは、相撲協会よりも落語協会です(爆笑・拍手)。

また、今だったら、米でしょ、米。おコメの偽装。工業用のあれでしょ？　合板とかべニヤ板とか作るのに使ってたお米が、米焼酎とか煎餅《せんべい》とかになっちゃってるということですよね。怖ろしい時代ですよね。ウナギの偽装だって、もう、ああいうことは、起こったら、もう、他のやっているところは、やらないだろうと思っている。そういう性善説にたってると大きな間違いなんですね。「ウチは、分からないだろう」と思っている人たちが、本当に沢山居るンですね。

子供が、ウチの小学校六年の子供が、ずぅーっとニュースをテレビで観てて、ぼくに、

「お父さん、あれぇ？　ドジョウって、ウナギから生まれるンだ」(笑)

「何言っての、おまえ。ドジョウとウナギは形が似てるけど、全然違うよ。ドジョウは、ドジョウだよ。ウナギはウナギだよ。ウナギのほうは小っちゃいのは、ノレソレとか何とか言って、ウナギになるか分からない、これ稚魚だから。全然違うンだよ。ドジョウとウナギは違うの」

って言ったら、

「だって今、ニュースでやってるよ」

って、よーく、わたしも観ましたら、「ウナギ偽装、生む土壌（ドジョウ）」っていうのやってました（爆笑・拍手）。……大丈夫ですか？（客席を見て）Aチーム、Bチーム、Cチーム……、Cチームはちょっとボンヤリしている方が多いですよ（笑）。いいですか、（客席の）坊ちゃん、頑張ってくださいよ。ねえ、坊ちゃん先頭に立って、前にならえですから、よろしくお願いします。

え〜、分からない方の為に説明しますけど（笑）、「ウナギ偽装、生む土壌」……、土壌の壌と言うのは、土編《つちへん》に、この……難しい字です（爆笑・拍手）。本当にねえ、何を信じていいのか？　分からないような時代ですよ。

季節感が無くなった子供たちに、季節のものを教えようと思ったって、あの坊ちゃんは賢いお顔をなさってますから、夏の食べ物だとか、秋の食べ物、ね？　そういうものは言えると思いますよ。ある小学校低学年のお子さんに、

「夏の季節の食べ物を、言いなさい」

って言ったら、

「枝豆（笑）、もろきゅう（笑）、冷奴」（笑）

それって、お父さんが食べてるものでしょ（笑）。確かに、季節の食べ物ではありますけど（笑）、全く違うわけですよ、答えがね。

そういう中にあって、まだまだ、ぼくは季節を感じるところが、まあ、自分の中でね、こう、一つ、二つ、三つと置いてるわけですよ。例えば、「冷やし中華はじめました」だとかね。「新蕎麦、はじめました」、そんなのは目にするじゃないですか。この間、ウチの近所のラーメン屋さん。凄いですよ。

「冷やし中華、止《や》めました」

って書いてあったンです（笑）。ほとんどね、十二カ月のうち十カ月、冷やし中華をやっているンです（笑）。やめている期間が二カ月あるンですね。そのときだけ、張り出されているンです。これはこれで、凄いなあと思ったンです。

ぼくが季節を感じるもう一つはね、やっぱり、いろんなメニュー。ス×ーバッ×スで季節を感じています。マンゴーフラペチーノが出て来たら（笑）、「ああ、そんな夏が近づいてきたな」――そういうふうに感じるンです。抹茶フラペチーノがだいぶ流行《はや》って来たら、「ああ、そろそろ新茶の季節だな」。

この夏、わたくし、ス×ーバッ×スにだいぶはまっておりまして、夏の限定メニュー、……コーヒー・ジェリー・フラペチーノ。……いいですか、皆さん、ぼんやりしてちゃダメですよ（笑）。皆さんが食べているのは、コーヒー・ゼリーです、いいですか？　ス×ーバッ×スで食べるものは、コーヒー・ジェリーです（笑）。いいですか、ジェリーなんていったら、わたしはジェリー藤尾だと思ってました（笑）。ジェリー藤尾以外に、ジェリーが居たンですね（笑）。

コーヒー・ゼリーなんて、やっぱり夏ぐらいにしか食べないですから、「ああ、夏のモノだな、何となく」って思ってね、で、頼むンですけどねぇ〜、答えがどこにも、あのス×ーバッ×スというところは書いてないですね。一見オシャレですからね。オシャレの中に、またあの、歳をとって行くに連れて、だんだん分からないところに足を運ばないようになってしまっては、自分の進歩が途絶えてしまうというので、なるべく若い人が行っているところに行って、分からないことに挑戦することが大切だと思って、あの、メニューがね、先ず頼んだ時点で、何が出てくるか分からない（笑）。

フラペチーノ自体、よく分からないです（笑）。カフェラテぐらいです、わかってるのは、わたしなんか（笑）。なのに、フラペチーノですから。また、頼むとね、大きさがなんだか分からないです。S、M、Lでいいでしょう（笑）。なのに、トールだとか何だとかね（笑）。で、ここで頼んだのに、あの向こうのお姉ちゃんが、

「分かりました。赤い電気の下で待ってて下さい」（笑）

おれは、カブトムシじゃないンだよ（爆笑）。何で、赤い電気の下で、ずっと出来上がるのを待ってるンですか？

初めて頼んだときの、コーヒー・ジェリー・フラペチーノ。どんなものが出てくるのか？　ドキドキして、赤い電気の下で待ってました（笑）。ねえ？　出てきましたよ、こんな透明のカップに入って、で、真ん中ぐらいまで、半分ぐらいまでが、コーヒー・ジェリーが入っている訳ですよ。ちょっと拳骨《げんこつ》よりも小さいぐらいの塊が、三つ、四つ、ゴロンゴロンと入って、半分ぐらいになっている。その上にフラペチーノが、乗っている（笑）。しゅっと生クリームが乗っててね。で、「店内でお召し上がりですか？」って言われたので、「はい」って言ったら、その上にカパッと半円形の、やはり透明の素材で出来ている蓋ですね、所謂《いわゆる》ね、カパッと被せる。

わたし、あの、ドトールは意外と自信を持って行けるンです（笑）。書いてあるものが、とっても分かりやすいンで。ドトールは大手を振って注文出来るンですけど、あのう、ス×ーバッ×スに負けている自分が、どっかにいるンですね（笑）。

ドトールは凄く分かりやすいですよ。カフェラテとかね、豆乳ラテとか、分かりやすいですよ。蓋だって、平らですしね（笑）。平らなところに、切込みがバッテンで入ってますから、もう、それはね、ストロー以外は寄せ付けないような（笑）、強い意志がその蓋にある訳です。

でもね、ス×ーバッ×スはね、このドーム形の、この蓋の上にですよ、三センチ大の穴が空いているンです。ここにしか、ヒントがないンです（笑）。どうやって食べたらいいか？　全く手探りの状態なんです（笑）。皆周りの人もオシャレですから、何か訊くような雰囲気でもないンです。で、もって、あの胡椒とか唐辛子とか置いてあるところがありますでしょ（笑）、唐辛子は置いて無いかも知れませんけど、何かいろんなものが置いてあるンですよ。あとから入れる為に、……自信が無いラーメン屋みたいにね、何か、いろんなものが置いてあるでしょ？　あれも何が入っているのか分からないから、一度も使ったことがありませんよ（笑）。何かこんなふうに舐めたりするのもカッコ悪いですから、気どって何もつけない。そしたら、そこのところに、ストローと匙《しゃじ》が（笑）、スプーンじゃないですよ、長いですから、柄のところが、あれは匙ですよ、誰が見たって。匙がいっぱい刺さっている。……これは、どっちなんだろう？　三センチですからね。ストローだけだったら、このくらい小さな穴でいい訳ですよ。でも、三センチもあるンですよ（笑）。……ポスターにヒントが隠されているかも知れない（笑）。で、店内のポスターを見たら、確かにそのカップには蓋はかかっているンですけれども、そこに何も刺さってない訳ですよ（笑）。ますます心配で……、そうだ！『本膳』という良い落語があるンです。落語と言うのはね、どんな時にでもね、人生の指針になるンですよ。

『本膳』というのは、本膳料理を食べるときに全く分からない田舎者が、隣の先生を見ながら全員が真似して食べれば失礼が無いと言って、先生を手本に皆が食べるというお噺なんです。これだ！　これは正に『本膳』だと思ってね、見まわした。……四人ぐらいの人たちが、コーヒー・ジェリー・フラペチーノを飲んでいたンです（笑）。飲んでいる全員が、皆、その口元を手で隠してました（爆笑・拍手）。見えないンです。手がかりが無いンです（笑）。

仕方がないですから、ストローと匙をとりまして、席に行きまして、もう、一つの席しか空いておりませんので、わたくしの前には凄くキレイな女性が、文庫本とか読んでいまして、向こう側とこっち側に座っちゃっている。

「先ずは、ストローだな」と、（ストローを思い切り吸う仕草）……ジェリーが上がって来ないンです（爆笑・拍手）、ストローに詰まって。『船徳』の船頭みたいなもんです（笑）。全然上がって来ないンです。ドンドン顔が真っ赤になって、で、そのキレイなお姉ちゃんが、チラチラ見て（笑）、笑ってくれるンです（笑）。仕方が無いので口を離したら、バァーってまた下がっていきます、ジェリーが（笑）。折角真ん中まで吸い上げたジェリーが戻って行った。もの凄く悲しい思いをして、これはストローじゃないらしい。で、ストローをパッパと振りまして、テーブルに置きまして、やっぱり匙だと。

そうだ、これ、匙である程度食べたあと、このフラペチーノが溶けたときに、ストローでチュウチュウ吸うンだ。そうだ、匙を入れて、少しかき混ぜて、生クリームとも和《あ》えて、で、上に持ち上げようとするンですが、……皆さん、よく商店街の福引で、百円の摑み取りってありますでしょ？　あれ、下ではもの凄く摑めるでしょ？　でも、あの、出口が凄く細いので（笑）、こう殆《ほとん》どが落ちるでしょ？　あれと同じなんですよ。もの凄くジェリーが摑めたンですけど、三センチの穴で全部落ちちゃうンです（爆笑・拍手）。

今度ス×ーバッ×スがぼくに、どんな戦いを挑んでくるか？　秋のメニューがとても楽しみな今日この頃なんですね（笑）。

今度九月の末に、わたくし、大阪で初めての独演会をするンですけど。古今亭志ん朝師匠に連れて行っていただいて、大阪では、普通、東京の芸人さんウケないなんて言われていたンですけどね、志ん朝師匠は素晴らしかったですね。大阪のお客さんから「待ってました ぁ！」という声がかかって、ワァーワァーと東京と同じように、いや、それ以上に笑っている大阪のお客さんがいました。

「ああ、いつかはぼくも、大阪で独演会出来るようになろう」なんて思っていて、今度の九月に行くンですけど、あの大阪というところも不思議なところですよ。

何かね、あの三センチの穴と、切込みの穴ぐらい違いますよ、東京と大阪はね（笑）。

この間ね、文珍師匠に誘われてね、ちょうど『なんばグランド花月』という吉本の大きな劇場がありますでしょ？　あそこに行ったンですよ。御堂筋線という電車に乗りましてね。二番線到着の電車から全員が降りたので、「ああ、座れる！」と思って乗った途端に、回送電車だったンですね（笑）。東京だったらね、

「二番線到着の電車は、回送でございますので、ご乗車出来ません」

こんなアナウンスが流れるンですけど（笑）、凄いですね、大阪は。漫才の文化圏ですから、ボケとツッコミというのが、どんなところにも存在しているンです（笑）。ぼくが乗った途端でしたよ、

「二番線到着の電車は、どこへも行きません」

って（爆笑・拍手）。どっかで、おれが乗ったのを、今、見たんだなぁっと思いました（笑）。もの凄く恥ずかしい。いま、おれは大阪で、独りぼっちなんだなと思いました。

『なんばグランド花月』ＮＧＫに着きました。ぼくたちが普段出演している東京の寄席の楽屋というのは、大きな十畳ぐらいのお部屋と、六畳ぐらいのお部屋で、まあこれが襖《ふすま》で仕切ってあるぐらいで、皆で大きな座敷にいて、そこで着替えたりしているンですねえ。でも、やっぱりね、吉本ですから、儲かってますしね、もう、全部個室の立派な楽屋になっているンです。一台一台楽屋にねえ、こんなに立派な液晶のテレビがあるンで

す。ねえ、凄いでしょう?

「凄いなあ、やっぱり大阪だなぁ」と思ったのは、この液晶のテレビの足のところに、太い鎖がグルグル巻きにしてあって(笑)、鍵がかかっているンですよね。若手が盗んでいこうとするらしいンですよ(笑)。

舞台の横に、操作卓というものがありまして、舞台監督さんが緞帳《どんちょう》を上げたり下したり、または照明を強くだとかね、そういうの全部、操作する卓があるンですね。そこに二つのモニターがある。普通だったら、皆さんのほうが映っているモニターが一台と、こっち側が映っているモニターが一台。これをずっと観ているものなんですけど、やっぱり『なんばグランド花月』は違いましたね、このモニター。一つは、我々が落語を演っている高座が映っているンですけども、もう一つは、その日は阪神巨人戦が映っているという(笑)、……なんか違いますよね。

犯罪に対しても、真剣さが全くないンですよ。富田林警察のところなんか、こんなにデカい垂れ幕がありましてね、それを読んでみたらね、

「ひったくりは、卑怯だ!」

って、書いてありました(笑)。「犯罪だ!」だろうと思うンですけど。

『なんばグランド花月』に行く途中の、さっき言った御堂筋線のホームの端に、プレハ

ブがあって、警察官の詰め所があるンですよね。これは、分かりますよ。すぐに被害に遭った女性が駆け込めるようになっている——これは素晴らしいなあと思うンですけど、どうして同じような時期に、こんな二つの看板がかかっているンだろうと思う。大阪ですねえ、凄いですよ、読んでみると。

「チカン撲滅運動実施中」

って書いてあるンですよ。これは、分かります。これは、分かるンですけど、どうして、同じような時期にもう一つ看板がかかっているンだろう。その看板を読んでみると、

「ふれあいキャンペーンも実施中」

って書いてある（爆笑・拍手）。……触れ合っていいのかなぁと思いますよね。

まあ、今は、大阪というのは本当に近くになりまして、大阪の芸人さんが、沢山、東京のほうへ出て来ておりますから。大阪弁というのは、我々東京の人たちは、もう、なんの迷いもなくと言いますか、ためらいもなくと言いますか、普通に標準語と同じような気持ちで頭の中に入っていきます。

あのね、標準語同士だって、難しいンですよ。ちょっと町が離れただけでね。ぼく、秩父でしょ？　ぼくのマネージャーも秩父の人なんですけど、秩父同士だって、全く何言っているのか、分からないンですよ。

これはね、方言とかいうことじゃないですね。あの、ウチのマネージャー、ちょっと、かわってまして（笑）。でね、携帯電話で、ぼく、写真撮っているンですよ、ね？　いつも、あの、空色チューブというブログに、空の写真を撮って、それをいつもブログで、俳句も付けて書いているンです。それ、撮っていたら、「メモリーがなくなりました」ってメッセージが出るンですね。もう、その許容量を超えちゃったので、メモリーが少なくなっています――というのが出ちゃう。で、

「ああ、もう、メモリーが少なくなっちゃった」

って、マネージャーに何気なく話したら、

「どこに目盛が出るンですか？」（笑）

って……。物差しじゃないンですよ。メモリーという意味がよく分からないらしい。目盛がこの中にあって、これが満タンになっているらしいというふうな認識でしかない。同じ日本人で、同じ郷土に生まれたのに、……生活スタイルが違う……（笑）。

この間も、鶴瓶師匠とこの近くで落語会があって、で、打ち上げで吉祥寺のお店に行くのに、皆でタクシーに乗って、で、鶴瓶師匠たちは先のタクシーに乗って、ぼくとウチのマネージャーと、もう一人、お客さんが三人でタクシーに乗った。で、行く店が分からないので、鶴瓶師匠のマネージャーから、ウチのマネージャーに電話がかかっているンです

よ。で、運転手さんも、どこへ行くのか分からないので、電話がかかって来た時点で、運転手さんが「道順を復唱して下されば、そのように走りますから」と、……ね、一人で憶えていたって、その近くの道を知らない訳ですから、運転手さんは道を知っているンで、例えば、「東八道路をまっすぐ行って、三鷹通りを何とか」と言えば、運転手さんが憶えているから、その通りに行けるンです。「分かりました」ってなるンですけど。そうやって、ぼくは説明したつもりなんです。

「そうやって、言いなさいよ。向こうから言われることを、そのまま口に出して言うんだよ」

って言ったら、

「ああ、分かりました！」

って、電話がかかって来たンです。

「はいはい、はい。たい平のマネージャーです、はい。分かりました、じゃあ。運転手さん、お願いします、はい。……はい。……はい（笑）。……ええ、……沿《ぞ》い？　沿い、沿い、沿いですね、沿い（笑）。……ええ、際《ぎわ》？　ええ、はい、……際（笑）。際、際ですね、はい。……沿い、沿い。……際」

だから、何沿いなのか？　どこ際なのか？　って、もう、沿いと際しか、ずぅーっと言わない（笑）。沿いと際じゃ分からないだろう（笑）。凄いですよ。

沿いと際で思い出しましたけど、ウチのパー子姉さんは、凄い。ペー師匠の所に、楽屋に電話がかかって来てね。パー子姉さん、待ち合わせしててね。ペー師匠が何か、怒っているンですよ。パー子姉さんが、電話で待ち合わせの場所を伝えているンですけど、それが分からないらしくて、最後にもの凄く怒ったぺーさんが、

「（林家ペーの口調で）伊勢丹の四つ角って言ったってさぁ。四つあるじゃないの！」（爆笑・拍手）

って、意味が分からないですよ。「伊勢丹の四つ角で待ってる」って言ったのが、四つ角は四つあるから（笑）、どこの四つ角の角なのか？　分からないということを、もの凄く大きな声で喧嘩しているのが、全部高座に聴こえて来る（笑）。

大変ですよね。あの方、ペー師匠も実は大阪出身でございましてね。今は普通に流暢に東京のお話をしておりますけど、やはり、昔はもっと凄いことだったンでしょうね。

名前は、よく吟味して

二〇〇九年一月十五日　紀伊国屋サザンシアター
「たい平発見伝・林家たい平独演会」より「演目当てクイズ2」のまくら

今日は前もって考えておいた根多《ねた》が、一席……『らくだ』と申しまして、古典落語の世界では大きな根多とされているンでございますねえ。大阪では、松鶴《しょかく》師匠、あの鶴瓶《つるべ》師匠の師匠である松鶴師匠が、得意といたしておりました。東京《こちら》のほうでは、小さん（五代目）師匠であるとか談志師匠、この辺の師匠方が得意としているお噺でしてね。まぁ〜、酔っ払いのお噺でございますよ。

それから、もう一席演ろうと思っていたのが、色っぽいお噺。まあ、お正月早々、大いに男女のお噺で笑っていただこうということで、この二席を考えたンですが……。

わたくし、毎日、ニッポン放送『テリーとたい平 乗ってけラジオ』というのを演らせていただいておりまして。三時過ぎになりますというと『今日の日が記念日』という、とても心温まるコーナーがあるンですね。まあ、唯一、そこだけが心温まるコーナーであったりするンですよ（笑）。

そこに、今日記念日を迎える皆さんからメールやお葉書をいただいて、それを紹介するということだったンですが。今日はメールが一通参りまして、それを読んでみますと、草加市のカズーさん、四十一歳の会社員の方から、

「今日、九歳の娘が、はじめて落語にいきます。たい平さんの独演会の十列目から親子で観ています（笑）。子供にも分かる古典落語を期待しています（笑）。これを機に、落語が好きになってくれるとイイです」（笑）

酔っ払いの噺と（笑）、吉原の噺を考えていたンでございます（爆笑・拍手）。あのぅ〜、わたくし、皆さん方に、「何だ、この芸人は？」と、思われても……、思われてもいいです。沢山の人に好きになって欲しいンです。大人だけなんて、そんなことは言いません。

むしろ、この辺の皆さんは、応援すると言っても、あと……（爆笑・拍手）、どんなに長く見積もっても二十年（笑）。九歳ですから、あと七十年ぐらいは、わたしのことを今日楽しければ、ずぅーっと七十年、私を思い続けながら生きてくれる。

今日、酔っ払いの噺と（笑）、吉原の噺で終わってしまったら、七十年間ずぅーっと、

わたしを嫌な印象のまま（笑）。……凄く楽屋で悩みました。大人のお客さんをとるべきなのか（笑）？　十列目の九歳のお嬢さんをとるべきなのか（笑）？　わたくし、迷わず九歳のお嬢さんのほうをとることにしました（爆笑・拍手）。

本来まったく予定はしておりませんでしたが、今日、このメールで心が動かされましたので、一所懸命、その九歳のお嬢さん……、どの辺にいらっしゃるのか？　ちょっと分かりませんが、一所懸命、彼女のハートに届くように（笑）、一席はお届けしよう。そのあとは、男と女のドロドロしたお噺と（笑）、そして最後は、酔っ払いの嫌なところを見せつけられる（笑）。そういぅ、お噺でご勘弁をいただければと思っておりますが。

まあ、名前というのは、本当にウチの一門なんか凄いですよ。大体、大師匠からしていい加減につけておりましたからねえ。サニーのクーぺに乗って弟子入りした人は、クーぺって名前なんです（笑）。林家クーぺ。それから、長崎から来たら、林家ちゃんぽん平《ぺー》（笑）。草加から来たら、せん平《べい》。凄いですよ。北海道から、リアカーを牽いて弟子入りした兄弟子は、林家とんでん平《へい》という名前なんですね（笑）。

名前は本当にね、よぉく吟味して、付けたほうがいいですよ。今ちょっと、男の子の名前の人気ランキングの中に、翔太《しょうた》という名前が入っているンですね、翔ぶに太いで翔太です。ねえ、どうですか？　翔太なんて名前付けて、いつまでも嫁がもらえないなんて（爆笑・拍手）。そういうことにならないように、やはり名前というのは、大切だというお話でございまして。

いつでも修行中

二〇〇九年一月十五日　紀伊国屋サザンシアター
「たい平発見伝・林家たい平独演会」より『長命』のまくら

今、何となく客席を見ましたら、八列目ぐらいの方が、わたしを双眼鏡で見ていただいておりました（笑）。どのあたりを拡大されているのか（笑）？　一番後ろから、双眼鏡で見ていただくのは分かるンですけど（笑）。このあいだ、茅ヶ崎市民会館では、一番前から私を双眼鏡で見ているお客様が（笑）。「鼻毛は処理してきただろうか？」と思うと（笑）、なかなか落語に集中できませんでした。

え〜、大いに笑って帰っていただければと思っております。

ぼくは、大師匠《おおししょう》・三平のところに、大学を卒業して住み込みでございました。これはまあ、変則的なスタイルなんですね。

まあ、本当に貧乏だった学生時代。お金がありませんし、もう、親元は勘当同様ですよ。落語家になるという時点でね。ですから、奨学金も働いて返さなければいけない。そういう状況の中で、普通の前座さんは、自分でアパートを借りるンですけど、修行中はまだまだ自分でアパート代は、例えば親からもらったりして、修行中は暮らすンでございます。でも、ぼくはそういう仕送りも一切ありませんからね。師匠に相談をしたら、

「じゃあ、大師匠のところが、もう少しすると、今、住込みの前座さんが二つ目というところに上がって、あそこは誰も居なくなる」

で、元の大師匠のウチは、内側から全部鍵をかけないと、外側から、いわゆるキーをもってかけて、みんなが出かけるということが出来なかったンですね。全部内側から、鍵をかけないと。と言うことは、誰かいつも居ないといけない。そこで、その兄弟子が居なくなってしまうので、

「じゃあ、警備員代わりに、おまえ、置かしてもらえ」(笑)

ということで、わたしは大師匠三平のところに、こん平の弟子でありながら、六年半住み込みをさせていただいたンです。

二十一歳からですよ、六年半。本来だったら、みんな映画を観たり、友達とお酒を飲んだり、お芝居を観たり、そういうふうに自分をどんどん高めていく多感な、その一番いい時期に、わたくしは、修行に入っておりましたからねえ。テレビを観ることも無く、ラジオを聴くことも無く、それから音楽を聴くような時間も無いままに、

「大丈夫だろうか？　ぼくは取り残されていないだろうか？」

新しいことをドンドン取り入れて、笑わせたいのに、今が全くつかめていない、大丈夫だろうか？　と思いながらも、毎日雑巾掛けをしながら、口ずさむ歌があるンですね。

「あっ、まだまだ時代には取り残されていない」

と思って、何の歌だろうと、最後まで歌ってみました。

「♪　レッツ、エンジョ〜イ。い・な・げ・やぁ〜」（爆笑・拍手）

って、『いなげや』のテーマソングだった（笑）。スーパーに買い物に行って、その店内で流れている曲。それが、唯一のわたしの新曲だった訳です（笑）。愕然としましたねえ。

二畳の弟子の部屋というのがありましてねえ。今にして思うと、不思議だったンですけど、その当時一所懸命でしたから、何にもそんなことは疑問に思わなかったンですけど、弟子の部屋には鉄格子がはまっていたンです（笑）。「何なのかなぁ？」って思っていたンですね。

そこをようやく修行が六年半終わりまして、はじめて借りたアパートが、北区の十条でした。

ぼくなんか、江戸っ子なんですよ（笑）、林家一門の中では。秩父出身ですけど（笑）。

ウチはね、凄く、あの、何て言うンですかね、こん平が懐の広い人でございましてね、ウチのこん平一門の江戸っ子の定義というのは、台東区の根岸・三平のウチから、コンパスで千谷沢村《ちゃーざあむら》まであてまして（笑）、くるっと円を描いた、この中は、みんな江戸っ子なんです（笑）。ぼくなんか限りなく江戸に近い、江戸っ子でございますからねえ。

まあ、そういうところで修行いたしました。修行が終わって、ようやく自分でアパートを借りて、少しずつステップアップして、一間《ひとま》が二間《ふたま》、二間が三間と、少しずつ大きくなって来たンですけど、結婚を機に、また、ガラッと変りました。

今、わたくし、一所懸命毎日、頑張っております。ニッポン放送のラジオも演らしていただいてまして、日曜日なりますというと『笑点』も演らせていただいて、週末になると全国各地で落語を演っているンでございます。

なのに……、夜、わたくし、二段ベッドの上に寝てるンです（笑）。こんなに頑張っているのに（笑）、二段ベッドの上に寝てるンです。二人息子が居りまして、上が小学校六年、下は幼稚園ですから、この男二人がその部屋に、男二人で眠れればいいなということで、二段ベッドを買ったンですけど、幼稚園の息子が「怖い」ということで、今、母親と寝る様になりました。私の寝る場所がありません（笑）。……今は、二段ベッドの上に寝てるンでございます（笑）。

思い起こせば、秩父から出て来て大学生になったときに、わたくしの故郷《ふるさと》・秩父の寮が清瀬と言うところにありました。そこで、ぼくのバレー部の先輩と、やはり二段ベッドでわたしが上に寝ておりました。「こういう生活から早く抜け出したい！」と思って頑張って、今、再び二段ベッド（笑）。ちょっと動くと、キシキシ音がします（笑）。

……こんな毎日を送っている。ことによったら、今が最も辛い修行中なのかも知れませんねえ。

ベトナムの幸せ

二〇〇九年十月四日　横浜にぎわい座
「林家たい平独演会　天下たい平Vol.35」より『宿屋の富』のまくら

ベトナムに、座布団十枚の記念で行って来ました（笑）。で、何か凄く幸せそうな国なンですね。

何だろうな？　何が違うンだろうなぁ？　日本って、「豊かだ。豊かだ」って言われながらも、何かベトナムの人たちは常に笑顔で、何してても楽しそうなんですね。貧しいなんて言葉は、逆にベトナムには無いンじゃないか？　まあ、確かにベトナムの中に入れば、貧富の差と言うものはあるンでございましょうけど、皆楽しそうなんですね。

何かなぁ？　拝金主義じゃないところのもっと大切なものを、凄く大切にしているンだろうなぁと思うンですよ。家族と一緒に家畜と住んでいて、ほぼねえ、牛小屋と変らないようなおウチなんですが、これでいいんだなぁって、幸せって言うのは、そこに、こう幸せの単位があって、生活をしていると言うだけで、幸せなんだなって思ったンですね。

もの凄くオートバイが多いンですね。日本は豊かになり過ぎちゃって、車で移動している方が多いですけれどもね。オートバイって見ていて、とっても素敵だなぁと思ったのは、家族が皆しがみついて乗っているンですよ。お父さんが前で運転しているホンダ……、ホンダが一番人気なんですけどもね。ホンダの百二十CCぐらいのオートバイを、少し頑張ると、それを買おうって言って、まあ、夢なんですね。ぼくたちが、今、車に乗るのと同じような夢が、オートバイを買うことで、そのオートバイに、お父さん、それからお母さん、間に子供が二人ぐらい挟まっているンです（笑）。それが、もの凄く素敵なんです。一番後ろから、お母さんの手が、ギュッと子供とお父さんを抱きしめて、それで、どこまでもどこまでも、移動手段はお父さんが運転するオートバイですからねえ。そこに何か温かみを感じて、お父さんの頑張っている姿を見て、お母さんのグッとこの強さを、こう、実感していると、何か、こっちのほうが幸せだなあと思うンですね。

お金、お金って言っていると、ドンドン幸せが逃げていくような気がするンでございますねえ。

たい平一門かい？

二〇一〇年三月十六日　東京芸術劇場　中ホール
「林家たい平一門会　たい平一門かい？」より「明烏」のまくら

辛いときというのは何時までも続くわけではございませんので、もう暫くのご辛抱でございます（笑）。歯を食いしばって、最後まで一致団結してついてきていただければと思っております。

今、ずぅーっと袖で、テリーさん、それからペー師匠、高田（文夫）先生率いるニュー東京ボーイズを観ていたンですけど、「何かの光景に似ているなあ」と思ってずぅーっと観ていたンですねえ。

「あっ、そうだ！　社員旅行だ！」

と思いましてね（爆笑・拍手）。多分、皆さんも観ていながら、

「総務の高田さん、芸達者だなあ」（爆笑）

だとか、そういう気持ちになれるのがいいですよね。伸び伸びとした年寄を観られるの

がいいですよね。全員が六十を過ぎている人たちが楽屋に居りまして、私だけが四十五という状況の中で（笑）、この後ろが廊下になっておりまして、三十往復ぐらいさせていただきました。

ぺー師匠は、パー子姐さんに、

「（林家ペーの口調で）着物の襟がこっち側が、女なのよぉぅ」（爆笑・拍手）

なんて、言いながら着替えてまして、

「あのう、男も女も無いンです。こっちは死人ですから！」

って、教えると、

「（林家ペーの口調で）あら、そう！　知らなかった！」（笑）

そして、ちょっと目を離すと、こんなに着崩れてしまってますしねえ。いろいろ、大変ですよ。

テリーさんは今回は凄く頑張りまして、笑いが逆に無い噺でね。「何時、メガネを取るのか？」というのだけが（笑）、凄く心配だったンですけどね。

テリーさんが、

「六十過ぎて、金の為じゃない何かに真剣になれるっていうことが、人間を成長させるンだ」

というふうに言ってくれましてね。普段だったら、テリーさんでも、ペー師匠でも、高田先生でも、東京ボーイズの師匠方でも、もう、重鎮ですからね。余計なことをしなくても十分なんですけども、何かその新しいものに挑戦するということに、面白がってくれているのが、とってもいいなあ。

わたくしのほうは、今、円楽襲名のお手伝いでございまして、毎日毎日いろんなところに、声をかけていただいております。

自分一人でも、いろんな落語会に声をかけていただく機会が増えましてね。先日は、青森に行って参りまして、普通だったらそれこそ歌丸独演会であるとか、円楽独演会というような会なんですけど、たい平独演会、若手で呼んでいただきましてね。

「ありがとうございます。こんな若手で、いいンですか？」

って、言ったら、

「いいんです、たい平さん。たい平さんにした理由が、ちゃんとあるンですから」

「本当ですか？　そうですか？　どんな理由ですか？」

「たい平さんねぇ、歌丸さんを呼ぶ十分の一のギャラで来てくれるンです」（爆笑・拍手）

「ああ、そういうことなんですね。でも、一所懸命頑張ります」

「それは冗談です。本当は、たい平さんじゃなきゃダメだというちゃんとした理由があるンですよ」

「本当ですか？」

「本当にありますよ、たい平さん。一年前にスケジュールいただきましたよね？　我々一年、青森の人間は、たい平さんが来るのを待ってたンです。そして、今日実現したンです。ね？　一年待って、今日、たい平さんが来てくれた。

歌丸さんに、一年前にスケジュールをいただいてですよ（笑）。……果たしてねえ……」

って言われました（爆笑・拍手）。とりあえず一年間は、元気でいそうだ——ということだけで、わたし、呼んでいただいたンですね（笑）。

子供向けの落語会にて

二〇一〇年十一月十七日　三鷹市芸術文化センター　星のホール
「ぼくも、わたしも寄席で大笑い!!　その11　（未就学児童の回）」より
「初天神」終演後

今日は、みんな一所懸命聴いてくれてありがとうございます。

落語はね、テレビとかゲームと違って、みんなの頭の中でお話を想像しなければいけないので、とってもね、頭の中の勉強、栄養になります。だから、たくさん落語を聴いて大いに笑ってください。

たい平さんが何で落語を好きになったかというと、落語の中では〝いじめ〟が無いンです。ちょっとね、ぼぉーっとした与太郎さんというのが出て来るンですけど、与太郎さんとみんなが一緒に遊んでくれるンです。どこに行くときでも、

「あいつは変っているからな」

「あいつは間が抜けているからなぁ」

とか、

「あいつは勉強が出来ないからな」

とか、そんなふうにして、仲間外れにしないのが、落語の素敵なところなんです。いつも、「与太郎を誘おうぜ！」って、何かで遊ぶときでも、どっかに出かけるときでも、

「与太郎を連れて行こうぜ！」

「与太郎に声かけようぜ！」

って言って、友だちの輪の中に入れてくれるンです。

〝いじめ〟が無い。それが、たい平さんが落語を好きになった理由です。これからも、みんな、是非、学校で楽しいお話をして、また楽しいお友達を作って、大きくなってください。で、ときどき、また、落語を近くで見られるなぁっと思ったら、観に来てください。

今日はこれでおしまいです。最後まで、どうもありがとうございました。

ニコラシカ

「林家たい平独演会　十四年目の『芝浜』の会」より『お化け長屋』のまくら
二〇一〇年十二月六日　紀伊国屋サザンシアター

ニコラシカというお酒が、ウチの師匠は好きでして。ブランデーに、輪切りのレモンで蓋をしまして、そこにお猪口一杯のお砂糖をカッと乗せまして、で、それを最初にレモンとお砂糖を口の中で、クチョクチョクチョクチョ、こう、唾と一緒にして、もぉぉぉ、あぁぁぁ、飲み込みたいってぇ、こう、我慢して我慢して、最後このブランデーを、小っちゃいグラスで、クァッと一気に飲み干すンです。これがまた、凄い美味いンですよ。師匠と、八杯ずつ飲んだ（笑）。ぇ～、意識が無くなりまして（笑）、わたし地下鉄に、そこのお店のお便所のスリッパで帰ったことがございます（爆笑・・拍手）。

たまたま、一緒の地下鉄に乗っていたのが、わたくしの先輩だったンですねぇ。落語家の先輩が、上野の広小路から銀座線で乗ったおれを見かけたらしいンですけど、足元を見たらスリッパだったので、怖くて話しかけられなかった（爆笑・拍手）。

酒は程々のほうがいいですね。

ウチの中学二年になる息子がおりまして、将来のことをどう考えているのかなぁなんて思ってました。こないだちょっと引越しをしたもんですからね、引越しでいろいろと片付けていたら、小学校六年生のときの卒業文集が見つかって、ぼくに見せてなかったンですね、彼は。

「ああ、こんなのがあるンだ。」と思って見たら、将来のなりたい職業というページがありまして、それのウチの息子のところを見ましたら、

「旅人、もしくは落語家」

って書いてありました（笑）。ぼくの仕事、微妙なポジションだなぁって思いました。

遺伝というもの

二〇一一年一月三十日　三鷹市芸術文化センター　星のホール
「新春初笑い寄席　林家たい平独演会」より「演目当てクイズ3」のまくら

まあ〜、本当になんですか、世の中どうなっているのか？　政治のほうも、体たらくでございますけど、次から次へ無理難題というのを地球が仕掛けてきているのかなぁと思うようなねえ。いろんな病気からはじまり、また火山の噴火で、もう、火山灰が積もってしまって大変ですね。

鳥インフルエンザは、本当に、もう、何万羽も殺さなくてはいけなくてね、可哀想ですね。でも、なんとか早く見つからないのかなぁって思ったンですけど、分かりづらいンですね。鳥インフルエンザにかかったと思われる鳥というのを調べてみました。

その一、めまい（笑）。めまいしているニワトリはあまり見かけないですね。続いて、咳。咳しているニワトリもあまり見かけないですね。

「（鳴真似）クォー、クゥ、ゴホッ、ゴホッ（笑）。コケコッ、ゴホッ、ゴホッ」（笑）

このぐらい咳き込んでいれば、「一度病院に行ってみたら?」と言うことが出来ますけど（笑）、ねえ。あの人たち、頑張り屋ですし、最後は熱っていうのもありましたけど、熱だって分かりづらいですねぇ。普段、鶏冠《とさか》が青くてね、熱が出たときだけ赤くなれば、もの凄く発見が早いンですけど（笑）、普段から鶏冠は赤いですしねえ。じゃあ、おでこに手を当ててみようと思っても、どこがおでこなのか? さっぱり分からない（笑）。なかなか、難しいところですねぇ。

狂牛病なんて、もう、すっかり忘れてしまって、まあ、安全対策がとられているから、まあ、少しはそうやって忘れられることが出来るンでしょ。ねえ、今、ちょっと高いお肉を買うと、パックに番号がついてまして、おウチのパソコンに入力をすると、どういう牧場で誰が何を食べさせて大きくなったってのが、全部分かるンですね。そんなの、分かりたいですか? 知りたいですか? 食べようとする間際に（笑）、そんな牛の細かいこと知りたいですか?

「ご注文のサーロイン・ステーキ二百五十グラム焼きあがってまいりました。お召し上がりいただく前に、履歴書のほうをご紹介させていただきます（笑）。

名前が、松坂コウジロウくん（笑）。享年三歳。お父さんが松坂タロウさん、お母さんが松坂ケイコさんの三人兄弟の次男としてお生まれになりました（笑）。

子供の頃は牧場で遊ぶのが大好き。おとうさんに『早く帰ってくるンだぞ』って言われても、ついつい楽しくて遅くまで遊んでいて、『よくお父さんには怒られた』、それが一番の思い出だそうでございます（笑）。

お父さんには、よく怒られた……父（乳）には、絞（搾）られた（笑）。

お生まれになりましてから、三歳の誕生日の朝を迎えました。牧場に、一台のトラックが訪ねてまいりました。トラックには、『食肉加工センター』。お尻を押されながら、トラックに乗る姿が、最後のコウジロウくんの元気な姿となりました（笑）。

……それでは、ゆっくりお召し上がりいただきたいと思います（爆笑）。テーブルには、生前コウジロウくんが牧場で元気に遊んでいる姿のお写真を飾らせていただきます」（笑）

これは、食べづらいですからねえ。

また、口蹄疫なんという、「ああ、こういう病気もあるンだ」なんて思ったりなんかして、まあ、可哀想といったらないですよ。もうねえ、次から次へと罹《かか》っているかどうか分からない、人間の為に大きくして、命をもらって、それなのに、また、人間の手でもって殺してしまう。「可哀想だなぁ」と思いながら、でも、あのニュースを見ていて、勉強になったこともありましたね。

あんなに県をあげて、国と喧嘩をしてまで、種牛を守ろうというねえ、その種牛というのは、本当に凄いンですね。勉強になりました。あの、霜降の凄い――お父さんがそういうお肉を持っているそのお父さんの種は、子供にも、もの凄く影響して、やっぱり霜降の子供が出来る。お父さんがちょっとだけ食べても、あっという間に大きくなる遺伝を持っているのは、子供もちょっと食べるとあっという間に大きくなるので、出荷が早いだとか。また最近は、ヘルシー志向ですから、女性に人気のお肉、あまり霜が降らないような、そういう肉質のお父さんの種を使うと、そういう子牛が……出来るって言うねえ、あ、そんなにまで、やっぱり種牛というのが、重要なんだなぁって思った。やっぱり種牛のお父さんが強く遺伝するンだなぁと。あのニュースを見てあらためて、木久蔵、木久扇親子を見ますとね（爆笑・拍手）、遺伝というのは怖ろしいものだなぁと、思いましたよ。

似なくていいところまで、似てしまうンですね（笑）。

笑点メンバーの息子さん。二代目若旦那がだいぶ増えてまいりました。

談志師匠の思い出

二〇一一年十二月十四日　渋谷・大和田伝承ホール
「林家たい平独演会　十五年目の『芝浜』の会」より『粗忽の釘』のまくら

ありがたく御礼を申し上げます。もう、こうやって師走のお忙しい中、たくさんの方に詰めかけていただきまして、十五年目になります『芝浜の会』です。友達なんかは、「そろそろ、やめたら」ってふうに言うンですけど（笑）、やめるきっかけがなかなかございません……。

東邦生命ホールで独演会を、二つ目になって直ぐにはじめたンですねえ。そのときに『芝浜』を演りましたところ、わたくしの大学の先輩の尊敬する山藤章二先生が、打ち上げに来てくださって、

「ああ〜、たい平、よかったよ。毎年談志師匠の『芝浜』を聴いて年を越していたンだけども、これからは、たい平の『芝浜』を聴いて年を越すことにするよ」

というふうに言っていただいたので、それからはじまったンですけど、山藤先生はそれ

以来一切来てくれません（爆笑・拍手）。今度は引導を渡してくれるのが、山藤先生ではないかなぁと思ったりなんかしてるンでございます。

先月、談志師匠がお亡くなりになりまして……。まさか、わたくし、林家一門に入りました時点で、『芝浜』を演《や》ろう」なんてことは、夢にも思っておりませんでした。まあ、とにかく笑わせて、楽しませて、まあ、それが林家一門の芸風なので、『芝浜』なんていうのは、他の一門がお演りになればいいンじゃないかなぁって思っていたところ、二つ目になりましてですねえ、前座のときではなくて、二つ目になって、ふと聴いたのが談志師匠の『芝浜』で……。

「ああ、こんなに凄い芸があって、またこんなに凄い落語があるンだ」

まあ、自分しか出来ない『芝浜』もあるンじゃないかというところです。まあ、難しい噺とは言われておりますけれども、自分だけの『芝浜』が何か出来るのではないか？　と思ってはじめたのが、十五年前でございました。

一時は、本当に小さいところで、六十人も入ると満員のウチのすぐ近くの、小劇団が演るような、そんな小屋でした。で、照明さんとか、舞台監督というところ、一人でわたくし全部やっていたので、本名を書いたり、お父さんの名前を書いたりして（笑）、で、一応申請を出して、当日も全部、照明から何から何まで、わたくしがやらせていただいて、十二、三年前ですかねえ。いろんな思い出があります。

談志師匠が七十五歳でお亡くなりになりました。

はじめて談志師匠にお会いをしたのは、『落語のピン』という番組でしたね。フジテレビの、深夜にやっておりまして、若い人も登用してくださるということで、わたしたちも「どんな番組になるのかな?」っと思ったら、談志師匠が一席演って、談志師匠がMCも務めるということで、第一回目の収録にわたくし、呼んでいただいたンですねえ。談志師匠が、わたしの前に出て来て、MCを務めて、

「(談志の物真似)たい平ねぇ(笑)、……うん、知らない。(爆笑)俺のところに、名前が聞こえて来ないぐらいだから、まあ、たいした奴じゃねえだろう、うん。だけどね、フジテレビが呼んできたンだから、なんかあんだなぁ。ああー、面白くないと思うよ」(笑)

なんて言って、ぼくの落語がはじまるンです。

一ヵ月後ぐらいにオンエアがありまして、で、仕事を終えて、部屋に帰ってまいりましたら、留守番電話がピカピカ光ってましてね、「何だろうなぁ」と思って、再生を押したら、

「（物真似）談志だ（笑）。……オンエア観た。うん、よかった。来い。稽古してやる。何でも教えてやる。……うん、よかった。ガチャッ」

もう、それだけだったたンですね（笑）。とても優しい、本当に談志師匠、怖ろしかったンですけれども、「ああ、やっぱり優しい師匠なんだ」と思って、で、二回目の収録のときに、『元犬』というので12分って言われたンですけれども、13分になってしまって、もう、12分5秒を過ぎたところで、ずっと袖から談志師匠が、

「降りて来い（笑）！　降りろぉっ！」（爆笑）

って、ずっと怒鳴ってる声がしてるンですねえ。それでもやっぱり収録なので、最後まで我慢したンですけど。

でも、そういうところは、我々若手を育ててくるというかね、試練を与えてくれるというところでございましょう。

その『落語のピン』が縁になって、まあ、お中元に行こうということになりまして、お中元にいきました。お中元に行って、

「あっ、お早うございます。『落語のピン』でお世話になりました」

って言ったら、ぼくの顔を見ないで、玄関のところでいきなり、

「……うん、サンドイッチを食おうと思う、うん。俺の好みのサンドイッチのパンを、隣

の『いなげや』で買って来い」(笑)

って言われまして、そんなに知っているわけではないンですけど(笑)、そこで了見《りょうけん》を見られるかなぁっと思って、『いなげや』に行って、どういうパンがいいのかも分かりませんけれど、サンドイッチ用のパンが三種類ありましたので、それを指でぐっと押さえて(笑)、それでゆっくり戻ってくる――これがいいンじゃないかなぁと思って、で、買って行ったら、

「うん、了見がいい!」

って、訳の分からないことを言われて(笑)、お中元でもらったハムを厚く切って、それに挟んで食べさせてもらったりなんかしました。

三回目の長い出会いは、名古屋でございましてね。名古屋で落語会が終わって、志らく兄《あに》さんが本当は談志師匠の隣だったンですけれども、やっぱりお弟子さんですからね、他のところが空いていたら、まあ、談志師匠にゆったり座ってもらおうということで、志らく兄さんは別の席に、で、わたしは、その談志師匠の斜め後ろの席だったンですね。で、緊張しながら座っておりまして、名古屋を出発して、東京に向かってたンですけれども、もう五分も経たないうちに談志師匠が、リクライニングをガァーっと倒しまして、「ああ、お休みになるのかな」って思ったら、リクライニングしたこの十センチぐらいの

隙間から、ずぅーっとわたしに話しかけて来るンです（笑）。

「正蔵は、どうだ？　正蔵はぁ？」（笑）

なんて言いながら、

「あのう、一所懸命です」

「ああ、そうか」

って、このずぅーっと十センチの三角のところから、談志師匠がずぅーっと話しかけて来る。もう三十分ぐらい続きましたンで、

「あの、師匠、よかったら、隣に行ってもいいですか？」

って言ったら、

「ああー、来い、来い」

なんて喜んでくださって、で、隣でいろんな話をしました。

「（談志の口調）今、『バカの壁』って本が流行ってるンだろ？　俺はまだ読んでない。読んだか？」

「はい、読みました」

「あれ、何が書いてあるンだ？」

「あっ、バカには分からないことが書いてありました」（笑）

って言ったら、
「イイっ！」（爆笑）
って、もう、そこから凄く気に入っていただいて、まあ、いろんなところで、いろんなお話をさせていただきました。もっともっと、いろんな話をききたかったなぁと思います。

大学で落語に目覚めたあと、初めて落語の本を読んだのも、『現代落語論』という談志師匠の本でございました。そのあとに、『寄席芸人伝』という古谷三敏さんが描いた本を読みまして、「ああ、落語の世界はいいなぁ」と思いました。もう楽屋で、ずぅーと芸談なんですね。先輩と後輩が、ずぅーっと落語について語っているンで、「いいなぁ」と思って、落語家になって楽屋に入ったら、馬風師匠がずぅーっと野球の話をしておりました（笑）、現実は違うンだなぁと思いました。

大学では落語漬けの毎日でございました。ラジオでやっている落語番組は、ほとんど留守録音というねえ、カセットテープレコーダーを買って、留守録でした。アルバイトから帰って来て、留守録を聴くと落語が入っているときもあれば、落語が入っていないときがあるンですね。何かよく分からない言葉が、ずぅーっと流れておりまして、「何だろうな？」ってあらためてラテ欄を見ると、もう、落語に夢中になっておりましたからね、「落語」というふうに見えたンですね。ロシア語の、あの露っていう字が（笑）。
まあ、そのぐらいに一所懸命にさせてもらったのが、あの談志師匠でございます。

便利の代償

二〇一二年一月十五日　三鷹市芸術文化センター　星のホール
「林家たい平独演会」より『宿屋の富』のまくら

去年は夏の十五パーセント節電、大変でしたね。ＪＲの中央線なんか、それぞれの駅でも、最初の頃は薄暗くて嫌だなぁって感じがしました。何だか、景気が悪そうだと思ったンですけど、明るさに慣れちゃっていたからだったンですね。

逆にあれ、半月もしましたら、あの暗さに慣れて、逆にあのくらいの方がほっとしましたよ。駅にいきましたって、女性の方なんか適当なお化粧で歩けるようになりましたよ（笑）。いいことばかりでございました。

電気使い過ぎていたンですね。十五パーセント節電をすると、どの位の時代に逆戻りするかと言うと、わたくしも調べましたら、八十年代の後半に戻ればいいだけなんです。じゃあ、八十年代後半というのは、どういう時代だったかと申しますと、バブルの始まる直前でございます。じゃあ、あの時代は不便だったかと言うと、もう、十分に便利で豊だったですよ。あの位の暮らしのレベルで止めておけば、こんなに原子力も増やすことは無かったかも知れませんね。

まあ、国策といってドンドンドンドン増やしてしまって、挙句《あげく》にこんな事故になってしまった。

もう、無駄に電気をね、一日中誰も乗っていないようなエスカレーターが動くような時代になってしまった。お便所なんか一つとったって、本当に電気を使い過ぎてますよね。

この間、友達のウチの便所に入ったンです。そしたら、最新型のお便所でしてね、もう、ドア開けただけで、蓋がパタって開くンですよ（笑）。天井で、小遊三師匠が覗いているのかなぁと思いましたけども（笑）。どうやらセンサーで、二十四時間コンセントを差して、誰かが入ってくるとパタっと開くようになっている。あんなのだって、無駄でしょ？　別に自分で蓋開けばいいだけなんですからね。

便座が温かいというのも、今はもう当たり前ですけど、八十年代後半は冷たかったンです。もう、冷たければ、「冷たい」と解って、みなさん、そっと座ってましたでしょ？　ねえ？　そしたら、三秒も座ってれば温かくなるンですから。最初だけなんですよ。それを、もう、二十四時間ずぅーっと、もう、火傷するぐらいに熱い便座もありますよね（笑）。

温かいと思って、ときどき座って冷たい便座だったりすると、「うわぁっ！」なんて思ったりします（笑）。冷たくても「うわぁっ！」ですけども、前のおじさんが温《あたた》めた温《ぬく》もりは、もっと「うわぁっ！」って感じがしますね（爆笑・拍手）。何なんですかね、あれね。ほぼ同じ温度になっていると思うンですが……。

友達のウチは最新型のトイレでしてね、凄いですよ。便所に座るだけで、モーツァルトが聴こえて来るンですよ（笑）。どっから聴こえて来るンだろうなぁ？　って思ったら、便所のどっかにスピーカーがあって、座った途端にモーツァルトが流れて来るンですね。

これ、ぼくはいいですよ。ときどき行って、モーツァルトを聴くのはいいですけどね、ここには中学二年のお嬢さんが居ましてね、お嬢さん毎日便所に座る度にモーツァルトを聴いているンですよ（笑）。どういう女性に成長すると思います？　彼氏が出来て、サントリーホールにクラシックコンサートを聴きに行って、そのモーツァルトが流れた時点で、「あっ、便所の曲だ」って思う訳ですよ（爆笑）。嫌なものを一つ背負わなければいけない。これ、何とかならないかなって思って、わたしも用を足しながら退屈ですからね、他にないのかなって、いろいろと操作をしておりましたら、あれ三十曲ぐらい入っているンですね。ジャズが入っていたり、お琴の音色……、お正月なんか、お琴の音色に変えたりしてね、でも、別に便所でお琴の音色を聴かなくてもいいでしょ（笑）。静かにして沈思黙考ですよ。薄暗いほうがよかったンです。それが、もう、何だか、音楽が聴こえて来てね、もう少し何かないかなって捜したらね、一番いいのがありました。何かね、森の中の音。ヒーリングって言うンですか？　何か、サァッーって、木の葉が触れ合う音であるとか、小川のせせらぎの音だとか、小鳥のさえずりの音（ウグイスの鳴真似）とか（拍手）、「あっ、これが一番イイや」と思ってね、これでずぅーっと用を足してたンですけど、まあ、足しながら考えました。

「これじゃ、野グソしているのと同じだなぁ」（爆笑・拍手）

ってね。

でもまあ、本当に便利と言うものの代償は、余りにも大きかったですねえ。もっともっと、遡《さかのぼ》ったらいいのかなぁというふうに思うと、まあ、江戸時代なんて豊かでございましたよ。今、便利になり過ぎて、福岡で独演会を夜に演ったって、その日の内に戻らされてしまう、新幹線があったり、飛行機があったりして。あれ、便利過ぎますよね。

何か、もう、旅の楽しさなんて無くなって、……去年の年末は、ウチのかみさんが仙台出身ですから、「まあ、少し元気になってもらおう」っていうので、仙台に家族で帰りました。あの四人掛けのところをグルっと倒しましてね、で、みんなで対面して座ってトランプをしていたンですけども、その日はちょうど乗車率が百五十パーセントの日でございました。もう、グルっと回しますというと、背もたれと背もたれの間が三十センチぐらい空くンですね。で、あそこにも人がドンドン入ってくるンですよ（笑）。で、ぼくたち家族が向き合っているこの後ろ側にも、二人ずつ（笑）、イギリスの皇室の馬車に乗ってるみたいで（爆笑）、後ろに近衛兵みたいに居る（笑）。で、ウチ、家族でトランプしてまして、ぼくの番が来たンで、「このカードを捨てようかなあ」っと思ったら、後ろの人が、「それじゃないほうが、イイですよ」（爆笑・拍手）
って、この人も参加してたンだと思いました（笑）。

息子の部活動

二〇一二年八月十一日　横浜にぎわい座
「林家たい平独演会　天下たい平Vol.52」より『藪入り』のまくら

ウチの倅も高校一年生になりまして、バレー部に入りました。ぼくもバレー部だったンです、中学高校時代。

ぼくたちの頃は、もの凄くバレーが盛んでしてね、エースの森田とか。猫田なんていう転がりながらトスを上げる職人みたいなセッターがいました。ぼくは背が低かったンですけど、猫田に憧れて中学高校はバレー部だったンですねえ。

息子が中学に入学したとき、父親として、

「落語家のウチだから、どうだろう、日本人としての礼儀作法っていうの学んだほうがいいから、剣道に入ったらどうだ？」

って剣道部を薦めたンですけど、学校から帰ってきて、

「父さん、剣道はやめるよ」

「ああ、そう……ダメ？」

「うん、剣道にはオリンピックがないからね」（笑）

「……ああ、そ、そう。それで、何に入るの？」

「フェンシング！」（笑）

「フェンシング？」

「フェンシングだったら、オリンピックに出られる可能性が、十分にあるから」

そう言われまして（笑）、今では見たことも無いような剣が、落語家のウチなのに一杯ある（笑）。こんなお面とか、子供が寝ている間に、とりあえずぼくもお面とか被ってみましたけど（笑）、意味がわからなかったです。

で、息子の試合とか応援に行くンですけど、やっぱり意味が分からない（笑）。分かりました？　あの太田選手、あと二秒で何か、ピッとやって、ピッと電気が点く（笑）。エペとかサーベルとかね、子供がやってるから、今回観てましたけど、さっぱり分かりませんでした。

息子も、やっぱり、さっぱりわからなかったみたいです（爆笑・拍手）。高校に入ったら、バレー部に転向した。夏休みは、「家族で旅行に行こう」って言ったンですけど、「部活動が楽しいから。一年なんで、休んじゃいけないンで、ぼくは部活に出るよ」

って言って、ウチにずぅーっと居て、一人で四日間。……何かね、心配でやっぱり、どっか、こう、心が解放されないって言うかね、心配ですね。たかだか四日間ですよ。で、ウチに居るンだから、何ともないンですけど、心配ですね。

親なんて言うものは、そんなものかも知れませんね。

昔は、八歳、九歳、十歳、小学校の高学年になりますというと、奉公なんていう、まあ、そんなものがあったようでございます。見ず知らずのところに行って、奉公にあがる。まあ、そこに住み込みでございますよ。

最初の三年は、戻してくれなかったそうでございます。まあ、小っちゃいですから、一旦ウチに帰すと、里心がついてしまうということで、三年間は、……石の上にも三年、何があってもウチには帰してくれなかったそうでございます。三年経って、ようやく「薮入り」、「宿入り」と申しまして、一月の十六日と七月の十六日、この年に二日間だけが休みがとれて、おウチに帰れる、親元に戻れる日だったそうでございまして……。まあ、子供もそうでございましょうけれども、親もそんな気持ちで、もう、帰ってくる日にゃ眠れたもンじゃございません。

「薮入りや　何にも言わず　泣き笑い」

ぼくの趣味は何？

二〇一二年十月十四日　横浜にぎわい座
「林家たい平独演会　天下たい平Vol.37」より『試し酒』のまくら

えー、ウチはこのところ驚くようなことがございましてね。かみさんから仕事先にメールが入りまして、「何だろうなあ」と思ったら、「ウサギが五匹、子供を産んだ」って言うんですね。まあ、これ普通にきけば何ともないンですけど、約半年位、秩父に行ったときに可愛らしいウサギだったンでもらって来た。ですから、まだ、半年ぐらいしか経っていない子ウサギだと思っていましたところ、まあ、子供を生んだ。これも、別にそれほど驚くことではないンですけど、二匹ともオスだと思って飼っていたンです（笑）。

で、ある日突然、オスだと思われる一羽のウサギの親の方から、こんな小さなパンダの赤ちゃんのような、本当にパンダの赤ちゃんのような、小っちゃいのがもぞもぞしてるンで、それをかみさんが見つけて、

「うわぁっ、男なのにぃ」

って言って（笑）、……男が生むわきゃないですよね。ぼくたちが男だと思っていただけで、これは番《つがい》だったンですね。言われてみるとね、よくよく考えると、ちょくちょくそういう交尾の真似事を二匹でしていたンですね。まあ、これはウサギですから、本能ですからね、そういうことがあって、「勉強しているンだなぁ」と思っていただけなんですが、ぼくたちの知らないところで、そんなことをやっていたンですね。

ええ〜、でも今、とても可愛らしいンです。ウチがもらってきたときには、ちょうど十センチぐらいのウサギが二羽でございましてね。で、そこの農園のおばさんにきいたら、

「そうね、まだ生まれたばっかりよ」

って言ってましたけど、あのおばさん、嘘ですね（笑）。「生まれたばっかり」は、わたしも見ましたけど、ヤクルトのビンよりも小さいンですよ。あの半分ぐらいの大きさなんです。ですから、そのおばちゃんが「生まれたばかり」と言ったのは、おばちゃんが見たのが、つい最近ということで、ずぅーっ見せないように隠していて、ピョコピョコ出てきたのは、もう一ヶ月ぐらい経っていたンですね。

ええ、もう、逆に思いますと、人間と言うのは成長が遅いンですね。まあ少し大きくなると、あっと言う間に成長してしまいますけど、子供の時期、赤ちゃんの時期というのは、随分長くありますンでね、まあ、それが楽しめる。ウサギなんて言うのは、あっと言

う間に大人になって子供が生めるようになって、また誰も教えてないのに見事に子育てをするンでございます（笑）。

たいしたもんですね。いろんなものを巣箱に運び込んで、もう絶対に、あれは本能ですね。表に出たら鳥に狙われますし、狸に食べられてしまいますので、絶対に巣箱から出さないと言うことで……。

もう、ギュウギュウにいろんなものを詰めるンです。自分の餌にしてある餌箱とか、お水を入れていた容器であるとか、そういうのもドンドン詰めて、入り口を塞いで絶対に出られないようにするンですね。これ見ててね、何か身につまされるような思いでした。わたしもよく、夜に出かけようかなと思うと（笑）、自分の部屋の外側から鍵がかけられてますから（爆笑）、「ああ、おれも大事に守られているのかなぁ？」なんて思うンですけど。

まあ、そうやって本当に、誰が教えてくれた訳ではないンですけど、子供を守る本能というのがあるンですね。いっぱいご飯を食べて、いいお乳を出そうなんてことも、別に誰が教えてくれた訳ではないンですが、小さい頃から親から離されて、そうやって暮らしていても、そういう本能と言うのがあって、「凄いなぁ」と思ってね。

いや、もう、可愛いンですよ。今、ちょうど五センチぐらいになって来ました。で、これは絶対に触っちゃいけないンだそうです。触って人間の匂いがついてしまうと、もう、育児放棄を——自分の子供じゃないって思ってしまうので、育児放棄をしてしまう。絶対に触れないということで、何かあるときは軍手をはめて触ったりしてるンですけど、まあ、そうやって中に入れないようにしていますから、まあ、それもバリケードを取ってはいけないなぁと思って、それでもちょっと気になったンで、かみさんが覗いたら、五匹生まれたンですけども、二匹は……やっぱりね、上手く育たなくて、こう、死んじゃっていたンですね。で、それはとってあげて、今は三匹います。……もし、よろしかったら(笑)、「飼いたい」と言う方がいらしたら、是非こちらまでご一報いただければなあと思います(笑)。

あの、ウサギっていつも二本足で立ってると思うでしょ？　あれ嘘ですよ。ウサギがもの凄くリラックスした状態って、見たことがあります？　なんかね、……(腕まくらで寝そべる)こんなふうにしてるンです(爆笑)。で、ぼくがとりあえず飼い主なんで、ぼくが居るといつも緊張してて、ウサギっぽくしてるンですね。で、出かけていて、とりあえず急に帰って来ちゃったりすると、慌てて跳ね起きて、「うわぁっ」って感じなんですよね(笑)。だからね、あれ、ウサギはウサギなりに自分を演じているンですね。「可愛い」って思われないと、餌ももらえませんから（笑）。そうやって、いろんなことがわかってまいりました。

で、これ大変でね。もらってくれる方が居なかったら、ウチであと三羽も飼う訳にはいきませんから、何とか今、フェイスブックであるとか、わたしのブログで飼っていただける方を捜しているンですけど。でもね、やっぱり赤ちゃん見ちゃうと、堪《たま》らないンですね。で、三羽未だ貰《もら》い手が無いのに、かみさんは次の出産計画を、既に立てております（爆笑・拍手）。もう、とにかく可愛くて仕方がないということで、で、モノの本を調べましたら、こんなことがずぅーっと続いておりますと、五年で五万匹まで増えてしまう（爆笑）、恐ろしいことになりますンで、是非みなさん貰っていただければなあと思っております。

ぼくの趣味はと申しますと、「何かなぁ」と考えても、それほど趣味と言うものがございません。絵を描くのも、みなさん、「上手なんでしょ？」「得意なんでしょ？」「楽しいンでしょ？」っと仰いますけど、あまり自分で絵が得意だと思ったことはございませんで、たまたま美術大学卒業て《で》落語家になっておりますから、みなさんに「絵も描けるンでしょ？」って言われて、まあ、描かせていただいているぐらいで、実際の話あんまり得意とはしていませんね。

ですから、絵の方ははっきり趣味とは言いませんね。じゃあ、何が趣味？　かなぁと思ったら、別にお酒は趣味と言う訳でもありませんねえ。落語も趣味ではございません、思いっきり仕事ですから。う〜ん、考えてみて、趣味と言えるのは、ドライブぐらいかなぁ。クルマの運転が趣味でしょうか。

ある時に、秤《はかり》にかけたンですね。酒が趣味なのかなぁ、クルマが趣味なのかなぁ、と秤にかけたときに、例えば仕事でちょっと疲れて、今日はドライブをしたい、違う景色を見たいと思ったら、名古屋から新幹線で仕事で帰ってくるときに、一時間半、新幹線の中でお酒は飲まないで頑張れます。クルマを運転する為だったら、お酒は飲まないでいようって、思えます。ですから、お酒よりもクルマを運転することが、自分は楽しいと思っているンですね。

最近は高一の息子が、塾に通い始めました。夜十時ぐらいまで勉強しているンで、塾は新宿にありますンでね、治安が悪いですから、迎えにいこうなんていうンで、仕事がだいたい九時ぐらいに終わっても、普段だったら、「わぁ」って飲んでしまうンですが、「息子を迎えに行く！」ということと、車を運転するという趣味と実益を兼ねておりますンで、息子が塾に行っているときには、一切お酒を飲まずに我慢できるンですね。「意外とお酒は、それほどぼくは好きではないのかな」なんて思えるようになった今日この頃なんです。

……でもね、秋でございますから、美味しいものがある。また、酒に合うものがある。寿司屋にいきますというと、本当に美味しいものがたくさんあって、ついついそういうところですと、飲み過ぎてしまうよう。

え〜、美味しい秋刀魚《さんま》の刺身の食べ方と言うものを教えていただきまして。これは普通はみなさん、生姜醤油でございますね。秋刀魚の刺身でございます。生姜醤油で少し匂いをとろう、臭みをとろうということなんですが、まあ最近は流通がいいですからね、新鮮な秋刀魚が届いてまいります。それを自分のウチでお刺身にするときには、是非やってみてください。

浅草の行きつけのお寿司屋さんに、教えてもらったンですが、醤油の中に七味唐辛子を入れるンです。で、七味醤油で食べると、これがもの凄く美味しいンですね。炙《あぶ》ってないのにね、ちょっと焦げた香りと言うかね、焼いたあの香りと言うのが、醤油と相《あい》まって口の中に入ってまいりまして、実に美味《うま》いです。これでそうですね、五合《ごんごう》は飲めますね

(笑)。そのぐらい美味しいですから、是非、この季節やっていただければなあと思ってお
ります。気仙沼の秋刀魚なんか美味しいですからね。大いに飲んで食べて、また復興につ
ながっていただければなあと思っておりますが……。

選挙演説のような「まくら」

二〇一二年十月十四日　神奈川県民ホール
「第二九〇回県民ホール寄席　林家たい平独演会」より『演目当てクイズ4』のまくら

え〜、本日はだいぶ早く来てしまいまして、四時過ぎに楽屋入りしましたので、ずぅーっと港のところでボンヤリとしていました。もの凄く大きな魚が釣れるンですね。夜釣りでして、電気が点く浮きで釣っているンですよ。凄く釣れるンで、

「凄いですね」

って、話しかけたら、全然言葉が通じない。八人ぐらいの釣ってた人は、みんな中国の方でございました（笑）。何か凄い世界だなぁと思いながら、あれがあのまま中華料理になってしまうのか（笑）、ご自宅で食べるのか、よく分かりませんけれど、まあ、食材にこと欠かないのが横浜だなあと思いながら、ボンヤリと歩いておりまして、夜景もキレイでしてねえ。いいところでございますね。

この会のプログラムに、「死語が最近増えた」っていうふうに、書いてございました。

まさに昨日そうだったンです。

インタビューを受けておりまして、子育てに関するインタビューでございまして、子育てから少し派生しまして、『芝浜』の話を少しさせていただいたンですね。

これから暮れにかけての、夫婦のあり様なんて言うことをお話をさせていただいて、インタビュアーの方も五十歳過ぎの女性で、わたしよりも年上でございまして、ふんふん、ふんふん聞いてるんです。

「昔と今とではやっぱり違うので、昔通りに演ってしまうと、なかなか今の人に共感していただけないと思うンですね。

例えば、ぼくが大好きだった談志師匠の『芝浜』。最初の頃は、ずぅーっと、『釜《かま》の蓋《ふた》が開かないから、何とか働きに行っておくれよ』

っていうふうに教わったンですけどね、『釜の蓋が開かないから、働いておくれよ』ってことが、今の若い女性には、あまり伝わらないのではないか。釜の蓋が開かない……だったら、こんな飲んだくれの男だったら、もう別れてしまって、自立しよう（笑）。こういうふうに考えるのが、今の若い女性ですからね。いつまでもこんな飲んだくれで、駄目な男についていくよりは、自立したほうがいい。そういうふうに思ったら、ここで気持ちが離れちゃう。だから、釜の蓋が開かないンじゃなくて、もっともっと大切なことで、ご主人には働いてもらいたい。働いているところが、とっても素敵だからとか、働いている普通の人としての生き方をとらえて欲しい」

とかね。いろいろと話して、

「だから、釜の蓋が開かないってことじゃないンですよ」

って言ったら、

「はぁ〜」

って、きいてくれて（笑）、で、一時間ぐらい話したあとに、

「あとは何か、訊きたいことはありますか？」

って言ったら、

「すいません。ちょっと訊いていいですか？　え〜、最初のほうでお話になっていた『釜の蓋が開かない』って意味が分からないンですけど」（笑）

愕然《がくぜん》としましたね。ぼくは落語家だからそうなのかも知れませんね。じゃあ、若い人にきいたら、若い人は分からないでしょ。でも、四十代も分かるかな？　五十代ぐらいになったら、分かりますですよね？　「夫婦の中で、経済ではなくて……」っていうふうには、わたしも言っているンでね、で、「釜の蓋が開かないから、この人に働いてもらいたいってことじゃないンですよ」っていうことの、……結局「釜の蓋」が最後までわからな

かったみたいで（笑）。ですから、途中のインタビューは、殆ど聞いてないですね（笑）。最初の十分ぐらいの「釜の蓋」が、ずぅーっと引っかかったまんまなんでしょう。録音を、あらためて聴いているようなことだと思いますよ。

驚くようなことが、今は分からないンですね。

今ね、子供のための落語の本を書いているンですねえ。でも、子供のための落語の本がたくさんあるので、落語は要約だけしてね。落語で何をぼくは伝えたいかっていうようなこと、それから「親とこんなことを、この落語を通じて話すといいよ」っていうようなことを書いています。普通にぼくが使っている言葉が、意外と分からない言葉だったりするのか、秩父の方言なのか（笑）、よく分からないですね。

例えば、「落語家さんは、自分で落語を考えるンですか？」っていう質問を、ちょくちょくされます。このちょくちょくって言うのが、多分若い人には分からないです。ちょくちょく……、このちょくちょくって秩父弁ですか（笑）？　違いますよね？　そういうこともだんだん不安になってくるンですね。これ、ちょくちょくって言葉が、果たして伝わってるのかなあっていうので、結局「意外と多く質問されることがあります」っていうふうに、書き直したりするンですよね。そういうところで引っかかる普通に使っている言葉が、たくさんありますねえ。

インタビュアーで、文章を生業《なりわい》としている人でも、そんなふうに分からない言葉が増えているのか、勉強不足なのか、よく分かりません。

また、勉強し過ぎるインタビュアーって居るンですね。これは、全く困るンですよ。もの凄く勉強してくるンですよ。ぼくが書いた本とか、いろんなものを全部読んでくるンです。で、

「林家たい平さんは、大学のときに、ラジオから流れてきた柳家小さん師匠の落語をきいて、そして『うわっ、今まで感じたことのない笑いだ』というところから、落語に興味を持って、それから東北の旅に出られたンですよね？　そのラジオを聴いたときに、どういうふうに思われたンですか？」（笑）

「う……、その通りです」（爆笑）

「そうですか……、そのあと東北を旅して石巻に行ったときに、老人ホームに行って落語をお喋りになって、そこでたくさんの笑顔をもらって、落語家になろうって決意をなさったンですよね？　どういうことで、決意なさったンですか？」（爆笑・拍手）

「……ええ、そういうことです」（笑）

「ああ、そうですか。何か、……何時《いつ》もテレビで観ているより、口数が少ない方ですよね」

（爆笑・拍手）

おめえが全部喋ってるンじゃないか（笑）。本当に素晴らしいインタビュアーっていうのは、殆ど喋らないですね。もう、「呼び水」ですよ。ちょろっと一言だけ喋ると、ザザザザザァっと喋らせてくれるような、本当にこの「呼び水」のような一言だけ、こっちへ向けてくれる。そうすると、ブワァーっと話すことが出来る。

それが下手くそなインタビュアーになりますと、勉強してますよ、わたしはあなたのことを知っていますよ――ということが、余計面倒くさいことになるンでね。本当に難しいです。

テレビを観ていましても、最近は腹が立つことばかりでしてね。オリンピックのときまでは、一所懸命観ておりました。今日も本当は、テレビでW杯のアジア最終予選を八時から観たいです（笑）。ですから、八時過ぎましたら、みなさんに途中経過をお話をしようとは思っていますけど（笑）、終演のときも、袖からちょっと顔を出して、

「何対何です」

っていうふうに（笑）、お伝えしようかと思っていますので、そのへんはご心配無きようにしていただきたいンですが（笑）。

まあ、オリンピックはね、たくさんの勇気をもらいましたよ。「一、二、三、四、アルソック」の方からもたくさん勇気をもらいまして（笑）、もう、本当に「ああ、いいなあ」っ

て思いまして、オリンピックが終わった途端に、くだらない政局がらみの、頭の悪そうな政治家ばっかりが、毎日、テレビに出ていて、もう、嫌になりました。

もう、ほぼテレビはつけないように、今、ぼくがテレビを観ているのは、『笑点』と『サザエさん』だけです（笑）。それが先週の視聴率に如実に反映されておりましてね。一位が『サザエさん』ですよ。二位が『笑点』です。もう、どっか、そういうふうにね、日本人がくたびれ果てているンですね。テレビのくだらない報道、マスコミのそういうくだらない報道に、もう、くたびれ果てているから、団欒《だんらん》とか、暖かみとか、懐かしいとか、郷愁とか、どっかそういうところを求めて、『サザエさん』と『笑点』を観るンでございましょう（笑）。

腹が立ちませんか？　今日も、観ていて、「解散する」とか言ってるわけでしょう？で、解散したら、衆議院の選挙をやると、何十億もかかるンですね。もっとかかりますね。何十億じゃ済まないですね。全国で看板を設置したり、選挙委員会出したり、いろんなことで、もの凄く膨大に金がかかるわけですね。あれ、税金ですからね。で、あんなに金がかかるンだったら、それこそ復興で、もっと東北のほうへまわせば、少しでも役に立ちますよ。ねえ？　それをあいつらの政治で、あいつらの為ですよ。

自分たちが政権をとるかとらないか――だけで、あの人たち、平気で人の金使っているのが、許せないですね。

……何か、わたしが立候補するみたいな（爆笑・拍手）、感じになっておりますけど。まあ、のんびり聴いてください。わたしも、ウチでは言えないことをこうやって（笑）。もう、なんだったら、このまま終わって中華街に行って、もっとわたしの話を聞いていただいてもいいですよ（笑）。まあ、今回、みなさんもお金を払っていただいているから、落語も演らなければいけないので、まあ、落語もお話をしますけど、本当に喋りたいのは、こういうことなんです（笑）。

尖閣諸島まで行って、中国の漁船で魚釣りしてるのは、「けしからん」と、「ここは日本の領有権だ」って言っているのに、横浜で中国の人が釣っているのは、いいんですよねぇ。どういうことなんだろう（爆笑・拍手）。……ここは魚釣《うおつり》島じゃないンです（笑）。あれは大丈夫なんです。とりあえずね。友好関係のもと、全然日本人が、「中国人だから、ここで魚を釣るな！　ここは、日本の領海なんだ」とは言わないです（笑）。

何か、不思議ですね。いろんなことが、世の中。

本当にね、もう、選挙なんかやらずに、とにかく復興の為だって言ったら、本当に団結して無駄なお金を使うの止そうって言いましょう。だって、沖縄に道路作るのに、復興予算が使われている。本当に日本人は何にも言わないから、普通の国だったら、暴動ですよね。だけど、暴動も起きないですしねえ。

あぁ何か、……ちょっとスッキリしました、すみません（笑）。お侍さんの時代が良かったかどうか、分かりませんけどね。でも、何か一本筋が通るものがありましたよ。そういう中で、日本人というのはどこかで、外国の人からも、「いやっ、こんなに凄いンだ。日本人って凄いな」って、いうところの中で、それこそ、幕末に外国と揉めたときに、イギリスの大使か何かの前で、お侍さんが切腹したンですよね。そんなことが出来る人なんて、世界のどこも見たことがない。日本人は凄いンだ。本当にね、自分が失敗したら腹を切るって、それがいいことかどうか分かりませんけれど、そのぐらいの信念で命をかけてやっている――そういう政治家が、もっと居てくれればいいなあっと思うンでございます。

まさに武士道、こういうものが今の政治家には欠けているのではないでしょうかねえ。

謝り方を学ぶ

二〇一二年十月十四日　神奈川県民ホール
「第二九〇回県民ホール寄席　林家たい平独演会」より『演目当てクイズ5』のまくら

子供の頃は、ウチの裏がお寺でしてね。秩父は札所がございまして、お寺がたくさんあるンですね。遊び場所は、ほとんどお寺でした。お寺の境内で三角ベース、または、自分たちでルールを決めていろんな遊びをしたもんでございました。

ご住職が住んでいるおウチに、ちょうどホームランが入る……（笑）。もう、何度、ガラスを割ったか分かりません。また昔のガラスは割れやすいガラスでしたよね（笑）。本当に薄くて、今はもう、普通の軟球ぐらい当たってもビクともしないぐらい頑丈ですよ。それが、昔は本当に薄くて、パッシャァンって割れるようなガラスで（笑）、で、ホームラン打つとスリーアウト・チェンジっていうルールでございました（笑）。

点は入るンですよ。点は一点入るンですけれども、その時点でスリーアウト・チャンジということになって、打った人が住職のところに謝りに行くという（笑）、こういうシステムになっておりましてね。

「申し訳ございませんでした！」

最初の頃は凄く怒られるンですけど、だんだんやっぱりねえ、何度もやっておりますと、謝り方というかね、大人の懐への入り方っていうのが、子供心に分かって来るンですね。だから、謝り方が上手になるンです。

向こうが、「こらぁ！」って言う前に、「申し訳ございません！」って先手を取ると、意外に振り上げた拳《こぶし》も、そのまますぅーっと降りて来たりして、「気をつけなさいよ」なんて言って、それで済むンですね。

まあ、そういうことは遊びの中で、いろいろと教わりました。今、悪いことして謝っているような、偉い人たちとか居ますけれども、多分こういう人たちは、三角ベースで野球していないンだなぁと思いますね（笑）。謝り方を知らないですね。人が許してあげようと言うような、謝り方を知らないですね。勉強ばっかりしていて、そういうことをしなかったンでしょう。

やっぱり、歳が離れていても、ガキ大将と遊ぶということによって、いろんなことを学ばせていただきました。今の子供たちは、ちょっとそういうことがなくなって、仲間同士、三年生は三年生、五年生は五年生で遊んでいるなんていうところを見ると、なんだか

「可哀想だなぁ」って思ったりもいたします。

人との触れあいで得るもの

二〇一三年一月十九日　三鷹市芸術文化センター　星のホール
「林家たい平独演会」より『お見立て』のまくら

今、上下の付き合いっていうのが、我々寄席の世界でもなくなりましたね。ウチの師匠なんかは、よく寄席が終わったり、落語会が終わると、

「おい！　飲みに行こう！」

と言うと、みんなが嬉しそうに、

「ご一緒させていただきます！」

遅くまで付き合わなければいけないですけど、やっぱり美味しいものをご馳走になったり、お酒もご馳走になれますから、みんな喜んで、「ご馳走になります！」って言ってついて行ったンですが、今、夜席、例えば九時に終わって、前座さんを、

「じゃあ、飯食って帰ろうか？」

って誘うと、

「すみません。このあと仕事がありますンで」

って、どんな仕事が、この前座にあるンだろうなぁ（笑）？　と思ったり、「師匠のウチに帰らなければいけません」って、そのぐらいの嘘だったら、まだ可愛いンですけど、「このあと仕事がありますンで」って、帰られたりすると、何だかな、うーん……。

お酒を飲んだりねぇ、さっきの『明烏』じゃございませんけどね、先輩後輩から習うこともたくさんあったりもするンですねえ。

また、女性から男性は、習うこともたくさんございますし、女性はまた男性を見て、習うこともあるンでございましょう。今、もう、みんなバーチャルですからね。

例えば恋愛なんかもそうでしょう。チャットなんていいまして、みんな其々が自分の好きなようなお喋りをする。顔が見えませんし、どこの誰だかわからない人と、お喋りをなんかしてますから、自分を拵《こしら》えて、その人に良い様に、良い様にっていうふうに、やっているンでございましょう。で、実際「会ってみましょう」ってことになると、まるで違ったりする。そうすると、まあ、リセットという訳ではないんでしょうが、そこで深く傷つくのが嫌ですから、また、遠ざけてしまう。

昔はもう少しなんて言うンですかね、人と人とが触れ合ったり、ぶつかったりして、何かそこから得るものがある。……昔の吉原、ああいうところは必要悪であったのではないかなぁ――というふうにちょっと思いますね。いろんなことを教えてくれる。

例えば、今、若い人なんてそうじゃないですか？　ストーカーなんていって、好きなのに自分を振り向いてくれないと、ブスっと刺してしまったりする。これはね、そういう修行が足りないンですね。もう、痛い修行を、わたくしなんてたくさんしておりますからね（笑）。こう、フラれる経験と言うのは、どれほど自分の血となり肉となり、「あっ、こういうことするとフラれるンだ」とか「こういうことすると、傷つくンだ」とか「こういうすると嫌がられるンだ」とか、そういうことを全部実体験の中で、この中に蓄積されていますからねぇ。自分ばっかりを押し付けることはないですね。

そういうことで出来たのが、吉原というところなんでございましょう。

「女性はこういうふうにしたら、こんな言葉をかけられたら嬉しいンだろうな」とか、「裏切られることもある」「辛いこともあるンだなぁ」なんていうふうに、経験をさせてもらえる。たくさんの小さな傷を、胸に受けたり、心に受けて優しい男になったり、優しい女性になったりするンでございましょうね。

あずみと木久蔵くん

二〇一三年二月十日　横浜にぎわい座
「林家たい平独演会　天下たい平Vol.55」より『居残り佐平次』のまくら

弟子のあずみちゃんの脳みそというのが、誰かに似ているなぁと、ずぅーっと思っていたのが、一致するところがあったンですねぇ。

『ドライブアゴーゴー』っていうテレビ東京の番組で、二代目木久蔵くんとわたしは、一緒にロケをしていまして（笑）、この間は岩手の麺街道というロケでございました。岩手の平泉に向かって木久蔵くんが運転して、わたしは後部座席でいろいろとみんなに話しかける係です。

で、平泉に向かう途中で、

「木久ちゃん、奥州《おうしゅう》といえば？」

って言ったら、平泉に向かっているンですから、奥州平泉でしょ？　そのままくっ付けれ

ばイイだけなんですけど、

「木久ちゃん、奥州と言えば？」

「ヨーロッパぁ？」（笑）

そう言ってました。あずみと同じ様な脳みその持ち主を、発見いたしました。凄いですよ、最近は彼と一緒の仕事が多いンですけど、広島の廿日市《はつかいち》に行きまして、仕事が終わって、地元の観光協会の方が、

「滅多にこういうところに来れないでしょうし、今、大河ドラマの『平清盛』で盛り上がり損ねたところもありますンで（笑）、ご案内をいたしましょう」

って、正直に言ってくださって、安芸《あき》の宮島《みやじま》へ行くフェリーに乗せられた。安芸の宮島、鹿がお出迎えで、「うわあ〜、三十五年前とまったく変わらないなぁ」と思いながら、宮島を歩いておりまして、で、ちょうど干潮から少し潮が満ちて来たところだったンですね。下の方まで降りられて、厳島神社の鳥居の近くまで行けるンです。

そこのところでね、ドンドンドンドン木久蔵くんが歩いて行って、鳥居を観ながら独り言を言っていたンです。聞かなければよかったンです（笑）。聞こえてきちゃったンです。

「地球温暖化も、深刻なんだなぁ……」（爆笑・拍手）

ね？　聞かないほうが良かったでしょ（笑）？　わたしも芸人ですから、聞こえてきちゃ

うと、どういう意味なのか、訊きたいわけですよ。

「何言ってるの、木久ちゃん？」

「地球温暖化も、いよいよです」

「どういうこと？」

「南極の氷が溶けて、このように」（笑）

「あのねえ、君ねえ、テレビの観すぎでね、これは、元々こういうところに建てられているンだよ」

「あ〜、そうだったンすか〜」

って言いながらね（笑）。でもねえ、やっぱり芸人ですからね、ヨイショしようとか、場を盛り上げようっていう気持ちはあるンですよ、観光協会の方がいらっしゃったンで、

「安芸《あき》の宮島、とってもキレイで良かったです」

「ありがとうございます」

「今度は春の宮島に来よう」（爆笑・拍手）

やっぱり馬鹿なんだなぁと、思いましたよ（笑）。

で、ずぅーっと「美味しいものを食べたいって言うんですよ。

「宮島にいる間、美味しいものを食べたい、旅のときは美味しいものを食べたい。旅に出

たら折角だから、美味しいもの」

って、何回も言うンですよ。

何で旅に出たら美味しいモノっていうのかな？　って思ったら、おウチにいるときは三食、『木久蔵ラーメン』なんです（爆笑）。だから、美味しいものが食べたいンですね。でね、

「ぼく意外とこういうところ、鼻が利くンですよ、美味しいものの」

だったら、「『木久蔵ラーメン』売るなよ」って（爆笑）、思うンですけど。三十分ぐらいお土産屋のところを何度も往復して、ぼくはくたびれちゃったンで、

「ここで待ってるから、よさそうな店があったら捜してきて」

って、言いましたら、「牡蠣が食べたい」って言うンですよ。広島だからね。で、待っていたら、

「ああ、兄《あに》さん、とってもいい店見つけました」

木の一枚看板があって、そこに筆で、墨黒々と書いてあるンですよ。

「牡蠣を焼き続けて四十年の職人が、はじめてだしたお店です」

って書いてある（笑）。いや、よさそうでしょ？　ああ、ちゃんと、こいつ分かってるンだ。牡蠣を焼き続けて四十年の職人が初めて出した店ですよ。

「よさそうだ、じゃあ、ここに入ろう。ご馳走するから」

「ありがとうございます!」

メニューが運ばれてきて、じぃーっと見てる。

「木久ちゃん、決まった?」

「はい。カキフライお願いします」(笑)

みなさん、ぼんやりしてちゃダメですよ(笑)、いいですか。ここは、牡蠣を焼き続けて四十年の職人がはじめてだしたお店なんです。フライは揚げたことが無いかも知れない(笑)。ここは、焼き牡蠣を食べるべきなんですよ。でも、カキフライが食べたかったンでしょ?

「じゃあ、カキフライでいいよ」

って言って、食べてね。この話を『笑点』の楽屋で、小遊三師匠に話したンですよ。

「バカですよ、木久蔵は、本当にバカ」

って言ったら、

「おまえも、バカだよ」(笑)

「いやっ、ぼくはバカじゃないですよ」

「おまえも一緒にバカだよ、えぇぇ! よぉーく読んでみろ。『牡蠣を焼き続けて四十年

の職人が、はじめてだしたお店』だよ。と言うことは、この職人は、四十年間お店がだせなかった職人なんだよ」（爆笑・拍手）

そういうものの捉え方があるンだなと、あらためて感じ入りましたよ。

息子と鯵釣

二〇一三年四月十四日　横浜にぎわい座
「林家たい平独演会　天下たい平Vol.56」より「演目当てクイズ6」のまくら

今、ウチのトピックスと申しますと、黒猫がおりまして、マネちゃんという猫ちゃんなんですが、外《おもて》がとっても好きでして、朝必ずわたしを起しに来て「外に出してくれ」というので、外に行って自分の縄張りを巡回して、それで戻ってくるンですね。

で、この間、喧嘩したみたいで、もの凄く眼の上が腫れておりまして、で、野良猫っていうのは、爪の中に凄くばい菌が入っているそうですね。だから、引掻かれたりすると本当に人間の皆さんも消毒したほうがいいぐらいです。で、猫同士で喧嘩したみたいなんです。

友達に聞きましたらね、猫の喧嘩っていうのは、お尻のほうを噛まれたり怪我をするのは、弱い猫なんだそうです。顔に怪我をしてくるのは、強い猫なんだそうですね。で、ウチのマネちゃんは強い猫なので、「うわぁっ」って向かっていったところを向こうが逃げながら、爪でガァッとやったので、眼の上がお岩さんみたいに腫れちゃって。すぐに動物病院に連れていきました。

人間では信じられないぐらいの痛みに我慢していると言うか、猫は我慢強いンです。絶対に「痛い」とか口に出さない（笑）。

えっ？……え、何でそんなにザワザワしてるンですか（笑）？　え、みなさん、猫と喋れないンですか（笑）？

あのね、猫は凄く我慢する。犬は、痛かったら、キャンキャンキャンキャンって啼きますけど、猫はよっぽどなことがない限り、凄く我慢しちゃうンだそうですね。弱いところ、痛いところは、見せない。人間だったら、グーぐらい腫れちゃってるンですよ。病院に行ったら、いきなり腫れているところを、麻酔も無しでメスでビャッと切って、ビュッビュビュッーと膿を出して、傷口の中をガーゼでグリグリって、グリグリってやって（笑）、そのあと今度は生理食塩水で、ビャッーって傷の中を全部洗浄して、最後に薬をグァッーって中に塗って、で、バンドエイドが眼帯の海賊みたいになってる（笑）。「痛い」も何にも言わないですよ。凄く痛いと思いますよ。見てるだけで、もう、我慢できなかったですもん。眼の上ですよ。何の麻酔もしないンですよ。

二日目に連れて行ったら、中が膿んじゃって、

「これが取れればね、早く治るンだけどね」

って獣医さんが言うンですけど、全然取れない感じで、もう肉にくっ付いているンですよ。「取ればいいのにねぇ〜」って言いながら、取っちゃうンですよ（笑）。

でも、何にも言わないですよ。凄く我慢強いなぁ〜って思ってね。おれなんか、一昨日歯医者に行って、「一本、インプラントにしましょう」って言われたときに、

「ちょっと考えさせてもらって、いいですか？」（笑）

って言って、

「全身麻酔ですか？」

ってきいたら（笑）、

「そんな大げさな手術じゃないです、局部麻酔ですから、大丈夫です」

「麻酔はどのくらい、痛いンですか？」

って、ずぅーっと痛さばっかり聞いていて、猫のことを思うと「猫に学ぶことは凄く多いなぁ」っと思って、おれもちょっと麻酔しないでインプラントの手術を受けてみようかなぁと思うンですけどね（笑）。

猫がどこか間が抜けているのは、いろんなものを貼られるのが嫌なんでしょう？　ね？

人間だったら、

「バンドエイドもいっぱい付けられちゃって、嫌だけど、まあ、治すためだから頑張ろう」

って思うンですけど、猫はそんなことを考えないですからね。バンドエイドが貼ってあったら、嫌ですから取っちゃう訳ですよ。で、取っちゃうと治りが悪いンで、えっと、エリザベスカラーって知ってます?。首の周りに付けるパラボラアンテナみたいなやつ(笑)。カチャカチャって付けられちゃって、だから、もう、今、ウチに帰ると面白くてしょうがないですよ(笑)。パラボラアンテナを付けた猫が、自分の車幅って言うンですか、車で言うとね、車幅感覚が分からなくなっているンですよ。角を曲がるたびに、カラーをガツンとぶつけて(笑)、ガツンガツンとぶつけながら、ずぅーっとウロウロウロウロ歩いている。今朝も目が覚めたら、ぼくの胸の上にパラボラアンテナの猫が居て(笑)、もの凄く面白いンです。凄く幸せ、ずぅーっとあのままで居て欲しいぐらい(笑)。ライオンみたいな感じで、パラボラアンテナを付けてる。

当人は、凄く嫌でしょうね。だけど、「取って」ってぇことは、絶対に言わないですから(笑)。ご飯とか、食べづらいンです、あれ。今度みなさん、画用紙で作ってやってみてくださいよ(笑)。絶対嫌ですよ、ねえ。ご飯食べるのに、周りが全然見えないところで、かがんで食べるから、カラーがカツンと床につかえちゃう。もう、必死でカツンカツンカツンカツンやりながらね。だから、もう手で食べさせたり、水だってちっちゃいコップで飲ませたりして、……でも、凄く面白い（笑）。

やっぱり、犬や猫や子供たちには、可愛さってことで敵わないですね。

ウチの息子も、自分で言うのはおかしいですけど、可愛くてしょうがないですね。最近、孫感覚ですね（笑）。高校二年、中学三年、それから小学五年になった……その小五が、もう、可愛くてしょうがないですよ。

少しでも時間があったら、「どこかに連れて行こう」なんて思って、この間も金沢八景に鯵釣《あじつり》に行って来ました。

十二時半から、鯵釣の船が出る、珍しいでしょう？　普通、釣り船っていったら早朝六時に出港するものですけど、十二時半に、昼過ぎに出港するンですよ。で、四時間船に乗るンです。もう、最初の十分で息子が、

「気持ち悪い」

って言い出して（笑）、

「大丈夫？」

ぼくは大人だから、あんまり酔わない。

「気持ち悪い……、お父さん、気持ち悪い。……もう、釣いいや」

って言った途端に、「うわぁ」ってもどして、で、息子がもどした途端に、釣れる！釣れる（笑）！　もう一回ぐらい、もどして欲しいぐらい（笑）。コマセって言うンですか？　寄せ餌みたいになって、もの凄いことになって、ジャンジャン釣れるンで、普通のお父さんだったら、自分も釣りはやめて、「おい、大丈夫か？」って言いながら、お水を飲ませたり、背中を擦ったり、そうやってやらなければいけないンだけど、……釣れちゃうンでねぇ（笑）。「大丈夫？」って言いながら、「おおおぉっ、また釣れたぁ」って（笑）。

……凄くぼくに不信感を持っている（爆笑・拍手）。

息子は三時間ぐらい気持ち悪くて釣れなくて、がっかりしてる。

「お父さんばっかり、いいなぁ～」

「ごめん、ごめん、そういうつもりじゃなけったたンだけど、君が『わぁ』ってもどしたら、凄く釣れはじめちゃったンで、……ごめんなさいね」

って言って、三時間半が経った時点で、……わたしにもやって来ました（笑）。気持ち悪くなって来て、……ウワァァアッて、前の日寿司を食ってたンで、もの凄くいい餌が出るンですよ（笑）。で、もどした途端に、今度は、息子が釣れ出す、釣れ出す（爆笑・拍手）。

「お、お父さんのことは、どうでもいいのか？」

「だって、お父さん、すごく釣れるンだもん」

って言いながらね（笑）。親子の共同作業でございました。

で、鯵が凄く釣れたンですよ。鯵とね、イシモチも釣れてね、で、シロギスも一匹だけ釣れて、嬉しいじゃないですか！　で、かみさんにクーラーボックスを見せて、

「見て、凄く釣れたよ！」

って、息子も、

「凄く楽しかったよ、お母さん！」

「鯵は、美味しいよぉ〜」

「鯵の捌《さば》き方」って検索すると（笑）、ユーチューブで全部教えてくれるンですよ。その通りに鯵を捌いて、で、息子と二人で食べてたら、かみさんは食べない。

「折角釣ってきたのに、何で食べないンだよぉ」

「美味しいよ、鯵」

「鯵は、味がいいから、鯵って言うンだよ」

「だってさ、さっきの話きいちゃったから」（爆笑・拍手）

って言ったら、

「ん？　……どういうこと？」

「もどしたンでしょ？　それで釣れたンでしょ？　じゃあ、食べない」（笑）
腸《はらわた》は全部取ってありますから、大丈夫だと思うンですがね。
鯵は本当に味がいいから、鯵――なんて言うねえ、単純ですね、名前の由来と言いますのは……。

流行語大賞を考える

二〇一三年十二月八日　横浜にぎわい座
「林家たい平独演会　天下たい平Vol.60」より『抜け雀』のまくら

この会場にもう少し早く来ていただけますと、一番太鼓と申しまして一時半になりますと、お客さんにドンドン来て欲しいので、「ドンドン、ドンと来い」と、太鼓を叩くンですね。以前はわたくしが太鼓を叩いておりましたが、この二回ぐらいはあずみが叩いておりまして、今日も、

「♪　ドン、ド、と来い、ドン、ドッ、来い」（笑）

という、何かこの辺りにひっかる様な一番太鼓でございました（笑）。これは、もう、二回目でございます。三回、四回目となると、早めに来て、あずみの一番太鼓をきいてみよう——そういう〝つわもの〟がおりましたら（笑）、早めにご入場いただけたらと思っているンでございます。

近くに居て、成長していくのを見ているのは、とても楽しいものでございます。

先日、友達が取ってくれたポール・マッカトニーのコンサートの最終日に行ってまいりました。素晴らしかったですね。もう、七十歳を過ぎて、とても歌丸師匠と二歳違いとは思えないぐらい（爆笑・拍手）、パワフルでございました。杖を突いて歩いてくる訳でもありませんしね。最終日でございましたから、アンコールを入れて四十曲。途中、湯飲みでお茶を飲んだりするようなこともなく（笑）、唄いきるという、それがまたカッコいいですね。ほぼ、一曲一曲、ギターを換えて唄っておりました。

普段は、あまり強くは思わないのですけど、その時に、「長生きしなきゃ」って思いましたね。七十を過ぎてこれだけパワフルな表現が出来るンだったら、自分が六十歳、もっと言えば八十、九十になったときの林家たい平を、自分で観てみたいというふうに思わせてくれたのは、まさにポールでした。ポールと言っても、こういう（指パッチン）ポールじゃございません（笑）。

なんかチャーミングですよね。可愛らしいって、先輩に言ったら失礼ですけど、大相撲の懸賞をかけたりするのも、チャーミングさのあらわれで、コンサートを演《や》っていても、一所懸命覚えた日本語で、みんなに楽しんでもらおうという、とても素敵なコンサートに行かしていただきました。

ちょうど、六日が四十九歳の誕生日でございました。つくづく思いますね。噺家になって、まだ二十五年とちょっとです。先輩たちがまだ、たくさん居ますよ。米丸《よねまる》師匠は、八十八歳。歌丸師匠と、お歳が殆ど同じなのかなと思ったンですけど（笑）、米丸師匠は八十八歳で、笑三《しょうざ》師匠という師匠も芸術協会にいらっしゃって、この師匠も八十六歳か、そのくらいなんですね。この間、あるパーティーに行ったら、笑三師匠と、米丸師匠と、にぎわい座の館長の歌丸師匠と、三人で一番のメインのテーブルに座ってらっしゃった。

「挨拶に行かなきゃ」って、私が行ったところ、ちょうど三人が一緒にスープを飲んでいるところでした（笑）。何か、落語界の大御所と言うよりも、……グループホームのみなさんというか（爆笑・拍手）、何か凄い光景を見させていただきました。みんなで同じように匙を持ってね（笑）。

長生きをすると本当に何を喋っても面白いですよね。米丸師匠なんか、普通にお喋りになっていることが、何だか楽しいですよ。そういうお爺ちゃんを毎日毎日、身近で見ておりますからね。あの木久扇師匠の師匠の彦六師匠なんかねぇ、昔、前座さんが寒い日に、

「師匠、こちら、日当りがよくなっております」

「ばかやろうぉ、俺は洗濯物じゃねぇんだぁ」（爆笑・拍手）

そういうことが言えるお爺ちゃんに、何時か成りたいなと思ってるんです。

まぁ、子供たちが今の大人をどう思っているのか、分かりませんよ。今年ちょっと残念だったことがございましてね。あの流行語大賞っていうやつですか、ユーキャン流行語大賞。みんな楽しみにしてましたでしょ？　そしたら、四つも選んでね（笑）。何か野暮ですね、野暮。みんな、「どうなるンだ？」って、考えているのに、何か平均点で、四つ、「どれも甲乙つけ難い」って言って、四つですよ。もう、野暮なんですよ、やっていることがね。

あれは、もう「じぇじぇじぇ」が優勝ですよ（笑）。いやあ、もう完全に「じぇじぇ」が優勝ですよ。だって、みんなを明るくしたでしょ？　元気にしたでしょ？　楽しかったでしょ？　「倍返し」なんて、そんなのが子供に流行って、いいことなんか一つも無いですよ（笑）。人を恨んでいる言葉なんですから、「倍返し」なんてね。「今でしょ」なんて、別に（笑）……。「今でしょ」って、「今じゃなくていいでしょ」（笑）。ねえ、そう思うでしょ？　よく、分かんないですよ。

「おもてなし」は、東京オリンピックに向けて、「いいかなぁ？」と思ったら、一番最初に「おもてなし」をうけちゃったのが、猪瀬都知事ですよ（爆笑・拍手）。徳田虎雄から、「お・も・て・な・し」ですよ（爆笑・拍手）。完全にあれは、バツですよね。そしたら、「じぇじぇじぇ」しか残らないンです。そういうちゃんとした、将来を見据えて子供の為にどういう言葉を残したらいいんだとかね、ちゃんと考えて決めれば「じぇじぇ」しか、ないンですよ（笑）。……何で、こんなに熱くわたしが語っているのかも、分かりませんけどね（笑）。

「防空識別圏」って……、厄介な時代に、自民党が数の力で、もう、大変。「防空識別圏」って子供に説明するのが大変で、……説明しましたよ、小学校五年の息子に。「隣のウチから、柿の木がこう出て来ました（爆笑・拍手）。で、ウチの方に一つ実があるので、これは採って食べていいンだよ（笑）。まあ、……そういうことだ」っていうふうに説明しました（笑）。間違ってないでしょ？　そういうことなんですよ。ウチのところに出てきたら、採っても文句は言わせないぞっていうことが、「防空識別圏」。

ぼくなんか、「防空識別圏」なんて、何もないですよ（笑）。寝てると、かみさんの足とかが、バアーンってぶつかってくる（笑）。凄く小さい領土なんですけど、そこへ平気でドンドン入って来ますからね。何だか分からないですね（笑）。

（にぎわい座の独演会は）六十回目なんです。そうです、最初にそれを言おうと思っていた（笑）。あずみが最初に出演《で》て、あずみが「六十回」って言って、何であずみが拍手をもらってるのか、よく分からないです（爆笑）。「ありがとうございます」って、まだ十回も出演してないやつが、ねえ（笑）。きっかけを失いましたよ。ぼくの独演会が、六十回です、ありがたいです（拍手）。

お亡くなりになったにぎわい座の初代館長の玉置宏先生に声をかけていただいて、「少し腰を据えて演る場所が、たい平君に必要になるンじゃないか？」というふうに言っていただいて、いきなり大きなホールからはじめさせていただいて、最初の頃は三分の一ぐらいしか入らなかったですね。それが、少しずつ、少しずつこうやって、何とかたい平を育てようと思うお客様に囲まれながら、六十回、十年でございます。

この間、車を運転して春日部から帰ってきたンですよ。ウチのマネージャーを助手席に乗せて、弟子のあずみは、運転席の後ろの後部座席でシートベルトをしてるンですけど、小学生みたいな知能指数なので（笑）、ずぅーっとおれが運転している席のヘッドレストに両手をかけていて（笑）、凄く気になるンです、直ぐ後ろに顔があって（笑）。で、その日は凄く夕焼けがキレイで、

「ああ、これって何て言うンだっけ？　何かあるよね？　今、凄く、グラデーションで、オレンジから紫になって、わぁっと、三日月が出て、こういうの何て言うンだっけ？」

って、言いながら運転していたら、あずみがスマートフォンを操作して、

「師匠、分かりました」

「何だっけ？」

「サンセット」（笑）

「……夕焼けがサンセットぐらい、小学生だって分かるよ。そうじゃないよ」

って言ったら、いろいろと調べて、全然分からない。そうしたら、マネージャーが、

「『マジック・アワー』じゃないですか？」

「ああ、そうだ」

って言う会話を、後部座席できいていて、スカイツリーが見えたら、

「あっ、マジック・タワー！」（笑）

って、つまらないことは言わなくていいからってね。

ぼくは子供の頃、政治家になりたいと思いました。荒船清十郎という方が、秩父・郷土の偉人です。その当時はね。深谷に急行を停めた男でございますから、町のためにやっ

て、町の人もみんな荒船清十郎を愛して、ロッキード事件で田中角栄を予算委員長で、「田中角栄君！（笑）」って大きな声で呼んだのが、話題になった。「荒船清十郎におれはなるンだ」って思いました。

小学校の卒業文集のところに、将来の夢というのでぼくは、「荒船清十郎になる」って書いた（笑）。そうしたら、ここに先生の添削が入りまして、「国会議員になる」って書いてある。ぼくはそれを見て、

「何を言ってるンですか？　先生。国会議員になりたいンじゃなくて、荒船清十郎になりたいンです」（笑）

って言ったら、「政治色が強すぎる」って言われましてね（笑）。で、結局、「国会議員になりたい」って書かれちゃった。国会議員になりたいわけじゃなくて、荒船清十郎のような国会議員になりたい――というような思いがありました。

この間、高校二年の息子と話していて、

「おまえ、何になるンだ？」

って言ったら、

「政治家になろうかな」

って言い出したンですよ。政治家になったら、ねえ、

「いやぁ、君はいいよ、君はいいけど。もう、お父さんは、そんなに真っ直ぐにちゃんとした人生を歩んでないからねぇ（笑）。何かマイナス戦略で、お父さんの過去がいろいろと（笑）、週刊誌に載ったりしないかなぁ」（笑）
と思いましたので、「やめなさい！」って言っときました（笑）。

バースデー・ケーキがラッシュする季節

二〇一三年十二月十八日　東京芸術劇場　シアターイースト
「林家たい平独演会」より「演目当てクイズ7」のまくら

十二月の六日が、わたくしの誕生日でした。いろんなところで祝ってくれます。つい先日、十六日は熊本にいきまして、お寺さんでもデコレーションケーキで祝ってくれました。まあ、四十九歳にして、こんなに誕生日を祝ってくれるということが、まずは珍しいですしね。ありがたい、感謝しなければいけないことですけどね。

六箇所ぐらいで誕生日ケーキを用意してくれまして、お祝いをしていただいて、食べました。これも、十六日ぐらいで、わたくしの誕生祝いは、ほぼおしまいなんです。

二十二日に、今度は娘の誕生日がございます。で、また、デコレーションケーキを買ってまいりまして、二十二日に食べ終わると、二十四日がクリスマスのデコレーションケーキ（笑）。これを食べ終わりますと一月の五日が、息子の誕生日でございます（笑）。デコレーションケーキをみんなで食べまして……。一月の十五日も、もうひとりの息子の誕生

日でございまして（笑）、これもまたみんなでデコレーションケーキを食べようとするのですが、高二の息子が、

「そろそろ、しょっぱいものが、いいね」（笑）

なんて言うようになりまして。で、これで終わりかなと思うと、一月の三十日にウチのかみさんの誕生日でデコレーションケーキを食べる（笑）。

本当は、一ヶ月に一個ずつのペースで、ケーキを食べたいンですけど、冬の二ヶ月にすべてのケーキが集中しているンです（笑）。ですから、「しょっぱいものがいいなぁ」っていう気持ち、分かるンです。

で、ウチの母親が、そういうところは分かってくれましてね。十二月の三日、秩父夜祭に帰りますと早くにぼくの誕生日をしてくれるンですが、

「みんな祝ってくれるンでしょ？　ケーキはたくさん食べられるンでしょ？　だから、お母さんはお赤飯で祝ってあげる」

と言って、朝早く起きて、買って来るンじゃなくて、自分でお赤飯を炊いて、わたしに食べさせてくれるンですが……。

子供の頃から、赤飯の中の小豆《あずき》が大嫌い（笑）。あれを「美味い」と思う人は居ますかね（笑）？　何か、本当に、もう、三粒食べただけで、口の中の水分を全部取られるぐ

らいの勢いで（笑）。もの凄くカラカラに乾燥してね。粉みたいのがカプセルに入っている感じで（笑）、そういう、やつですよ。もうだから、二大食べられない豆は、赤飯の豆と、シュウマイの上に乗っているグリーンピースです（笑）。あれは、食べられないですね。何度か挑戦したンですよ。でも、食べられない。

だから全部、赤飯の中の豆は「ごめんなさい」と思いながらも全部はじいてね（笑）。それで、食べるンですけどね。

お赤飯……、〝おこわ〟なんていうふうに言うンですね。昔は、小豆が入っているのは〝おこわ〟とは言わなかったそうで……。もち米を蒸かしたのを、〝おこわ〟っていうふうに言ったンですね。これ、強飯《こわめし》でございますから、堅いンです。

今、普通にみなさん、我々が食べているのは、あれ、姫飯《ひめいい》と申しましてね、お姫様の飯と書いて、姫飯。これは軟らかく食べようと言うので、お釜にお水を入れて、釜で炊くのが姫飯と言う。今は、そちらのほうが殆どでございます。

昔は、この強飯《こわいい》と申します〝おこわ〟が主流だったようですよ。〝おこわ〟、あんまり使わなくなりましたねぇ。

言葉でも、「おこわにかける」なんて言う言葉があります。これはどういうことかと申しますと、美人局《つつもたせ》でございますね。

「あ、遊べるな」なんて思って、女性に近づいていくと、「おい、この野郎、手前ぇ」なんて言う怖ろしい人が出てくる――これが、美人局で……。
まあ、そういうところに引っかかると、もの凄く怖ろしい訳ですよ。
「お〜、怖っ！　お〜、こわっ！」(笑)
という、「お〜こわ」から、「おこわにかける」という言葉、これ、もう洒落でございます。こういうことが、昔の日本人は得意でしたから、言葉の洒落でもって、「おこわにかける」なんてぇなぁ、「おー、こわ」から「おこわにかける」という言葉はどうやら出来ている様でして……。

絶対に喋っちゃいけない手術

二〇一四年六月八日　横浜にぎわい座
「林家たい平独演会　天下たい平Vol.63」より『馬のす』のまくら

ちょっと前に、喉の手術をさせていただきまして、五月の一日のことでした。

もう何年も前から病院に行っておりまして、スコープで覗くとしこりが出来ているンですね。普通にポリープが出来るところではないンです。その先生は、声帯の先生でございますからねぇ。〝せいたい〟って言っても、肩を揉《も》んだりする整体ではないですよ（笑）。喉の声帯の日本で三本の指に入るという、……あの三本指が入るわけじゃないですよ（爆笑・拍手）。

もうねぇ、いちいち説明しないと、口の中に指を入れはじめる人や、分からないって人も、世の中ほんとに多いですからね。いちいち説明しながら話が進みますけど、日本で三本の指に入る声帯の専門の先生なんですね。

その先生は、たくさんの声帯の症例を見ているンですが、いままで、こういうところに

出来てるのを見たことがない。だから、

「ちょっと怪しいので、早めに手術をしましょう。手術をするにあたっては、十日間は絶対に喋れないから、そういうスケジュールを取ってください」

と言われて、なかなかスケジュールが取れない中で、二年、三年が経っていって、どんどんどんどん腫れていってしまう。悪性だったらいけないので、「手術しましょう」と決断をしていただいたンですね。

手術は初めてです。ぼくは骨折もしたことがないですし、一番重傷な怪我というのは、捻挫や突き指ぐらいですから、全身麻酔をかけられるというので、「どうなってしまうのかなぁ」と思っていました。

手術室に入って、女性の麻酔の先生で、

「今、麻酔のガスがシューと入っていますから、深呼吸していてくださいね。だんだん麻酔がかかって眠くなりますから」

本当にどのくらいまで憶えているのかな——と思って、一所懸命天井を見ていたンですけど、いつ麻酔がかかったのか、分からないですね。あっという間に、麻酔の世界に入って行って、あっという間に目が覚めた。先生がぼくの顔を覗いて、その執刀してくれた先生が、……〝じっとう〟って言っても、交番に行くわけじゃないですよ（笑）。それは出頭ですから、いいですか？　〝じっとう〟ですよ（笑）。ね、刀をふるう執刀。〝じっとう〟って言っても、暴投みたいな、あの失投じゃないです（笑）。その先生に、

「たい平さん、巧くいきましたよ」

って言われて、手術をしてから十日間は、一切喋っちゃいけないって言われた手術の直後に、

「ありがとうございました」（爆笑・拍手）

先生が手術台のわたしの口を手で押さえて、

「喋っちゃ駄目」（笑）

って。そのあと、病室のほうへ移されて、でも、日帰りなんですよ。凄い先生で、とにかく日本は何でも手術をすると、病院に留め置いて無駄なお金をたくさん取る。だから、医療保険がどんどんかさむのは、帰せるのに帰さないで、そこでお金を取っていくような悪いシステムだからだそうです。先生が、

「麻酔がすっかり切れた時点で、帰れますから」

って言って、手術終わってから夕方まで寝てると、次から次へと看護婦さんが来て、

「どうですか？　体調は大丈夫ですか？」（笑）

「大丈夫です」（笑）

「喋らないで下さい」（爆笑・拍手）

だったら「話しかけないで下さい」なんですけど（笑）。でね、話しかけるときに、必ず答えを必要とするような話しかけ方なんですよ（笑）。

「全然話さなくて結構ですよ。頭でウンウンと肯《うなず》いて下されば大丈夫ですから、どうですか？」

って言われれば、いいンですけど、全部普通の人に喋るみたいなので、全部答えちゃうンですよ（笑）。答えないと、喋る修行をしていますから、失礼にあたるンじゃないかと思うので、全部答えちゃう。

「もういいです。答えちゃ駄目ですよ」

って言われて、ウチに帰って、「果たして家族の中で巧く生活が出来るのかなぁ」って思った。……かみさんとの生活は、まったく問題がなかった（爆笑・拍手）。今まで通りの暮らしでした（笑）。どういうことなんだろう……、あっ、いちいち隣の人に説明しなくて結構でございますから（笑）。今、聞こえましたよ。

ありがとうございます。もうねぇ、わたし一人では賄《まか》ないきれないところを、お客様に賄っていただいて（笑）。ありがたいことでございますね。

これ、本当に面白いです。絶対に喋っちゃいけないと思いながら、一番最初に喋ったのは、猫に向かってです（笑）。クロちゃんって、真っ黒な猫が居るんですけど、手術し終わって、クロちゃんが来たら、

「クロちゃん……」

って（笑）。車の運転は、二日ぐらいして出来ましたので、息子を連れてドライブしてたら息子が寝ちゃったンですよ。寝てウチへ着いてから、

「起きて、着いたよ」

これで「あっ！　喋っちゃったぁ」という……。あの、哲学的な話をしますとね（笑）。優しい心から出た言葉はね、脳味噌を通過しないで、口からふっと出るンですね。これはね、優しい言葉。

「バーカ！」とか、「何やってんだよ！」とか、こういうねぇ、きつい言葉とか嫌な言葉は、一旦脳味噌を通して、頭で一度グルグルって回ってから、口に出るンですよ。とっても優しい言葉は、もう、そんなことを考える前にふっと出るンですね（笑）。

で、手術をしてから一ヶ月ぐらいは、お酒をやめて運動しました。前にもお話しましたけど、お薬師様が近くにあるので、毎日行って帰ってくると、少し早めに歩いて一時間な

んで、それをやって。

朝は、レタスだけをひたすら食べる。で、十日間。で、そのあと今度は、……何だっけ、胃の中に「ナントカ菌」っていうのが居るっていうふうに言われて……。

(客席)「ピロリ菌」

あ、ピロリ菌、はい(笑)。もう、みんなと作り上げていく(爆笑・拍手)。いいですね、もう、いち早く「ピロリ菌」って(笑)。

田舎もんですからね、多分ね、荒川の水とかしょっちゅう飲んでたンですよ、もう。泳ぎに行けば沢の水を飲んでたし、ウチの近所には井戸があったから、もう、井戸水とかガブガブ飲んでた訳ですね。だから、多分ピロリ菌がいるって先生に言われて、で、今度ピロリ菌の薬を一週間。これも絶対に酒を飲んではいけません。途中で酒を飲んだら、全部台無しになる。だから全部で十七日間ぐらい一切お酒飲まなかった。

今まで二十歳から一切飲まないときがなかったンです(笑)。だから、お酒を飲まないと、どういう身体になるのかが、まったく分からなかったンですよ。飲まない十七日間のあとの身体は、凄いですね、……四時半に起きるンですよ(笑)。ぼく、カーテン嫌いなので、カーテンしていないと、日の出と共にバッと一気に目が覚める。一気に目が覚めたあと、一秒後には走れるぐらいの、……ファァァと起きた。「朝だなぁ～」……、こういうのが無いンです。はい、起きた。ズボンはいて、お薬師まで歩いていくぐらいの、何だろうな、もの凄く、「こんなに体が軽いンだ」ということを、あらためて思いました。

あれから、見えないものが、普段はあまり接しない、考えなかったことが、考えられるようになって来ましてね。


ずーっと、筆談だったンですよ。ノートを首からぶら下げて、で、ボールペンさして、何か言われたら筆談で……。友達の集まりがちょうどあって、まぁ、折角だからね、ウチに居てもしょうがないンで、

「お酒も飲めないし、喋れないけど、みんなの顔を見に行っていい？」

って言って、で、落研の同級生と後輩が集まっているンですよ。十二人ぐらいで盛り上がってて、とにかくわたしだって笑わせたいから、何か言ったら、一所懸命書いて（笑）、面白いこと書いたのに、これを見せようとすると、もう話が進んでいる訳です（笑）。うわぁ〜、どれほど喋れるってことが、即座に対応出来るってことが、気持ちがいいことで、こんなに自分の中でも楽しいンだってことが、面白いことだと分かりました。今ね、その筆談ノートとってあるンですけど、何が面白いのか、よく分からないことが一杯書いてある（笑）。

ちょっと心残りだったのは、八日ぐらいして小学校六年生の息子を連れて、今度は「釣りに行こう」ってね。大磯の防波堤の堤防釣りに、前からよく行くンですけど。鯛が釣れるとか、そんなんじゃないですよ。何かが釣れれば、嬉しいっていう釣なので、子供とあんまり危なくない堤防のところで、釣るわけですよね。

全然釣れないンですよ。息子とか、こんなに堪え性が無いのかっていうぐらいに、5分やって釣れないと「帰ろう」とか言う（笑）。「いやいや、釣なんてそういうもンじゃないから、もう少し我慢しなさい」なんて言っても全然釣れなくて、「これはいよいよ、釣れないな」って思っていたら、大磯の地元の真っ黒な顔のおじさんが来て、ぼくたちのことをずぅーっと見てたみたいで、

「ああ、これじゃ駄目だ」

って、こませで海老の小さい奴がいっぱい入る篭があるんですけど、

「この篭、取っちゃいなさい。こっちばかりに来るからね、針を食わないから、篭を取りなさい。……こんな大きな針がついていたら駄目だ。何か違うの無いの？　……ああ、これだったら、いいな、この小さい針。じゃあ、これで。このくらいの棚だな。いいか？このぐらいで釣るンだ。ここまで来ちゃうと駄目だ。いいか、このぐらい。ほら、ぼくちゃん、釣ってごらん」

今まで一時間、一匹も釣れないのに……(笑)、おじさんがやった途端に、あっと言う間に三匹かかってきたりして(笑)、で、ぼくはそのときに「ありがとう」が言えなかったンです。筆談用のメモ用紙も持ってなかったンで……。あとから追いかけて説明しようとしたら、もう、おじさん居なくなっていた。このおじさんに、本当に、「すいません。ぼく、喉の調子が悪くて、お喋りすることが出来なくて、感謝の『ありがとう』も言えないンです。ごめんなさい」

って、それが言えなかったのが、一番心残りでしたね。本当に、普通に喋れることのありがたさっていうンですかね。……あのおじさん、何だったのかなぁ……(笑)。

凄いンですよ。おれたちだけが釣れているンですよ。近くに子供連れがいて、お父さんとかいるのに、おれと息子だけがジャンジャン釣れる(笑)。ジャンジャン釣れると、周りで見てて、みんなドンドン近づいて来て(笑)、何となくみんな二メートルぐらい間隔で釣ってたのが、もう、ここだけ凄く狭い(笑)。もう、ジャンジャン釣り糸がからまっちゃって、

「また、からまっちゃったよぉぉぉ!」

って、結局大きな声が出てましたけど(爆笑・拍手)。

何か楽しいですよね、釣り。それをウチに持って帰って、みんな、こんな小っちゃい子

供の鯖なんですね。カッターナイフで、キュッと裂いて、指でこうやって、それを素揚げにして、六十匹ぐらい釣れたので、六十匹、全部小っちゃい奴、ウチでやって、さばいて素揚げしたら、家族全員がもう寝てましたから（笑）、……結局自分で全部食べて、……おしまいでしたよ（笑）。

何か、自然と対話するっていう、釣りは楽しいですよね。

想像力のエンジン

二〇一四年八月二十四日　銀座　博品館劇場
「林家たい平独演会　笑い鯛」より「演目当てクイズ8」のまくら

昨日、実はわたくしが企画・主演をしている映画「もういちど」が全国公開になりました。イオンシネマさんで全国公開、全国八十箇所近いイオンシネマで全国公開になりました。

昨日は、イオンシネマ板橋というところで、舞台挨拶をさせていただきました。満員のお客様でございまして、本当に嬉しかったですね。全国のイオンシネマが付いてるイオンモールを廻りまして、一所懸命宣伝広告をしてくださる方が、ずっとついて来てくれる。行く度に、イオンモールの広いイベント会場に、舞台が設置されておりまして、「林家たい平爆笑トーク」って書いてあって（笑）、もの凄いプレッシャーです（爆笑）。ちょっとやそっとじゃ、爆笑なんて出来ないですからね。それが最初から、「爆笑トーク」って書いてある。まぁ、お金を払っている今日みたいなお客さんは、一所懸命積極的に笑ってくださるンで、爆笑になることもある（笑）。でもね、無料《ただ》の客ほど笑わない（笑）。みんなは、今日、「林家たい平独演会」で林家たい平を観に来てるって、分かって来てる人でしょう？　……何人かは、分かってない人もいる（爆笑・拍手）。友達に連れて来られちゃって、「何だ？　こんなところだったンだぁ」みたいな（笑）。まぁ、何人かはいらっしゃる。でもね、そのイオンモールは、九割九分のお客さんが、何だか分からない（笑）。で、時代劇の映画ですから着物に着替えて、

「みなさん、こんにちはぁ！」

って、やってると、家族連れとか、お爺ちゃんとかが、

「何だねぇ？　ありゃぁ？」（笑）

「演歌歌手じゃねえか？」

演歌歌手だと思っている方もいらっしゃるようで、

「なかなか唄ぁ、唄わねぇなぁ」（笑）

なんて、小さい声で言ってたりする人も居て。また、名前を適当でしか憶えていない方も居て、

「三平だよ、三平」（笑）

……すいません、凄く細かぁーい棘みたいのが、突き刺さる（笑）。

でも、まぁ、三十分ぐらい演《や》っていると、もう一体感が生まれましてね。まぁ、何箇所も何箇所もまわらせていただいて、楽しかったですよ。嬉しかったのはね、小学校三年生ぐらいの女の子ですよ。イベントが終わって、控え室へ帰ろうとしたら、近くに来てくれて、

「どうしたの？」

ってきいたら、お母さんが、

「握手して欲しいンです。ふなっしーのファンなんで」（爆笑・拍手）

「いやいや、ぼくはふなっしーじゃないですよ」

「いや、たい平さんのふなっしーのファンなんで」（笑い）

って、よく分からない……。何が「ふなっしー」なのかも、もう、分からなくなってる。子供はね、ぼくが「ふなっしー」の中に入っている人だと思っている（笑）。あと、「ふなっしーおじさん」って、ぼくのことを勝手に思っている人も居るくらい（笑）。何だか分からない。ふなっしー実写版みたいな感じです（笑）。

「ふなっしーのファンなんで握手してあげてください」

「ありがとうねぇ、ありがとう」

って握手した途端に、その女の子は「わぁー」って泣き出したンです。よく嫌で無理や

りお母さんが、手を差し伸べて握手すると泣き出す子はいますよ。だけど、純粋に私と握手したことが嬉しくて、「うわっ」て泣いてくれたお嬢ちゃんがいてね、本当に、「うわぁ、いい仕事をさせていただいているなぁ」というふうに思いますよ。

それでね、日本全国いろんなところに行くと、いろんな人がいます。この間もね、福岡に行って大きな市民会館の楽屋入りしたら、小学校五年生ぐらいの女の子が色紙持って待ってる。

「サインしてください」

こんな小っちゃい子が嬉しいな——と思ってね。

「ありがとう」

って言ってね、色紙見ましたら、歌丸師匠と円楽師匠のサインがしてある（笑）。それは、でもいいンです。いろんなところをまわって『笑点』メンバーの寄せ書きを、いつか全員が揃うように……、ね？　今からだと、ちょっと間に合わない人がいるかも知れないけど（笑）。その女の子の頭の良いところは、まずは歌丸師匠からはじめたこと（爆笑・拍手）。順番でまわっている訳です。ちょっと順番違いだと、「木久扇さん大丈夫かな？」って心の中で思っているだろうなって……（笑）。まぁ、順番としては正しいですよ（笑）、まずは歌丸師匠に書いてもらうことがね。で、ぼくの番なので、

「分かりました。じゃぁ、一所懸命書きますね」

ってサインペン持って書こうとしたら、……本当にあの女の子は純粋な瞳ですね、透き通った汚れのない眼で、わたしをじーっと見ながら、

「隅《すみ》の方で結構です（爆笑・拍手）。小さくお願いします」（笑）

……わたし二十六年芸人をやっておりまして、大体どのあたりに、どのくらいの大きさで書けばいいか、分かっていた筈なんですね（笑）。あらためて言われると、もの凄く細かい棘が突き刺さるンです（笑）。

それでも、そうやって子供たちが落語に接してくれるというのは、とってもありがたいことです。親子落語会であるとか、子供寄席であるとか、今回の映画でも子供たちに想像力を広げて欲しい。そういう意味で、想像力のエンジンを回す一番の稽古になるのは、ぼくは落語だと思っています。小さい頃に、一度落語に出会って欲しい。そんな気持ちを込めて、映画を作っているンです。

今は映像から何から何でも、小さい赤ちゃんでも、アイパッドの映画で、ずぅーっと子守しているわけでしょう。見せてたら泣かないからですからねぇ。昔はお母さんが、憶えたおとぎ噺を聞かせてあげる。または、絵本を読んで聞かせてあげる。途中の挿絵なんか、本当にちょっとしかありませんから、あとは全部お母さんの想像力と、子供の想像力

で成り立っていた。

それが全部、今は映像で映されている。すべての情報が、どんどんどん押し寄せてくる。だから、子供たちはそこに居ながらにして、自分の想像力のエンジンを使っているようで、実はエンジンが回っていない気がするんです。

それに気がついたのは、この間、ある子供落語会ってのをやってね、手拭をぐるぐるって巻いて、

「さあ、何をしているところかな？　落語ってのは凄いンだよ。見えないものが見えてくるようになるンですよ。何をしているところでしょうか？（焼き芋を食べている所作）……さぁ、分かった人は居るかな？」

ってきいたら、三列目の男の子が手を挙げて、

「さぁ、何をしているところでしょうか？」

「手拭を食べているところ」（爆笑・拍手）

その答えじゃ。頭のおかしいオジサンでしょ（爆笑・拍手）？「手拭を食べているところ」って、見たまんまです（笑）。ぼくの芸に何か問題があるのかな（笑）？　自問自答をしましたよ。そういうことなんです。

ぼくたちの頃は、想像力でしか楽しみを味わえなかった。だって、ぼくなんか昭和

三十九年東京オリンピックの年の生まれですから、あの当時、テレビが白黒からカラーにバァーって代わっていった時代。まだ、ウチのお爺ちゃん家《ち》は白黒でしたから、「あの黒は赤だな」って、みんなそうやって観ていたでしょ（笑）？「あのねずみ色は黄色だ」そうやって自分の頭の中で着色をして、カラーテレビに変換をして観ていた。これも想像力の一つですよね。

ぼくが子供の頃は、スーパーカーブームだったンです。フェラーリだとか、ランボルギーニだとか、ポルシェだとか……。

晴海で、スーパーカー・ショーってやっててね。田舎の秩父から、父親に連れてきてもらって、「フェラーリ・ディーノ」だとか、「ロータス・ヨーロッパ」だとか、「カウンタックＬＰ５００」だとか、目の当たりにして感動しましたよ。感激して、出口のほうへ近づいていくと、お土産屋さんがある。

その頃は、ＤＶＤなんてそれこそ無いですね。ビデオカセットだってないですよ。何が一番のメディアかと言うと、カセットテープなんです（笑）。どうやって、スーパーカーをいれるンでしょう（笑）？　それしかないので、買いましたよ。ウチへ帰ってテープレコーダーに入れて、こんなのが入ってましたよ。

「まずは、フェラーリ・ベルリネッタボクサー。ガシャン、ジョボォォォ（笑）、ヴォヴォヴォヴォヴォヴォヴォヴォヴォヴォヴォ、ヴォーン、ヴォヴォヴォヴォヴォヴォヴォヴォ、フォオオオオンンン〜」（爆笑・拍手）

「次は、ポルシェ・911ターボ。ガシャン、ジョボォオオォ（笑）、ボォボォボォボォボォボォボォ、ボォーン、ボォボォボォボォボォボォ、フォオオオオンンン〜」（笑・拍手）

どう音が違うのかなぁ〜と思いましたよ（笑）。子供ですからね、晴海に行ったときに穴があくくらいに、一所懸命に見て記憶をする。頭の中に叩き込む。それでウチへ帰って音を聴くだけで、頭の中をポルシェが、フェラーリが、ランボルギーニが、疾走した訳です。これが想像力なんですけど、……今の子供は、手拭を食べているところ……（笑）。

「じゃぁ、もう少し簡単な奴を演りましょうね、いいですか？　もう、みんな、落語って言えばこれですよ。フゥフゥフゥ、フッフッフ、ズゥゥゥー（蕎麦を食べる所作）。さぁ、分かった人？」

「はぁーい」

女の子。

「何だか、分かったかなぁ？」

「はい。納豆を食べているところ」（笑）

もう、落語家を辞めたくなりますよね（笑）。いろんな子供たちが、まだまだ、想像力のエンジンを回していない。だから、落語をたくさん聴いてもらって想像力のエンジンを回せればいいなぁと思うのが、今回の映画なんですけどね。

映画ではイベントも兼ねて、下谷神社というところに行ってまいりました。あそこは、寄席発祥の地なんですね。ですから、そこへ行ってみんなで祈願イベントをしようってことで、お祈りをさせていただきました。

苦しいときの神頼みではないンですけど、苦しいという訳ではないですけど、やっぱり何か手を合わせると、何か大きなものが見守ってくれてるンじゃないかな――という、その優しさに包まれるような、そんな感じがいたします。

ぼくねぇ、最近歩いているンです。ちょっと、痩せたって何時も観ている方は思っていただけると思うンですけど。毎日朝、一時間ぐらい歩いてまして、で、近くのお薬師様に参りましてね。

そこに「お願い地蔵」というのがありまして、皆が、タワシで擦って水かけたりするンですけど、凄い、朝六時半に行っても、お願いの行列が凄いンです（笑）。お婆ちゃんなんかは、もう、お願い地蔵を十分ぐらい、いろんなところを（笑）、痛いところが治るとかでいうンで、痛いところずぅーっと触って、十分ぐらいお願いをしていらっしゃるンです。

それで、そのお願い地蔵を見ると、何度か首がもげてるみたいで（笑）、接着の跡があるンです。「もう、人のお願い聞いている場合じゃないンじゃないかなぁ」ってくらいね（笑）。

でね、絵馬なんかも掛かってます。……絵馬と言えば、みなさん、知ってますか？　お薬師様のすぐ近くに北野神社ってのがあって、天神様なんですけど、そこに絵馬が掛かっているンですけど。そうそう、皆さん知ってます？　神社で拍手《かしわで》を打ってお願いするときに、「東京都中野区東～」って住所言わなくちゃ、分かんないですからね（笑）。あのぅ、……いちいちあの人たち、検索したりして、皆さんの場所とか、分からないとね……（笑）。住所言わないと駄目なんですよ、お願いするときにね。どこそこの誰兵衛《だれべえ》が、こういうお願いをしますって言わないといけない。絵馬もそうです。だから、絵馬に住所書かなければいけない。

びっくりしました。知ってますか？　絵馬の後ろ、住所書いてあるところに、個人情報保護シールが貼ってあるンです（爆笑）。絵馬の形の保護シールが貼ってある。意味が分からない（笑）。もっと手間がかかるでしょう？　神様だって、いちいち剥がして読むの（笑）。もう、何をどうしたいのか？　分からない。何を保護したいのか、分かんないですね。

絵馬は最高に面白いですね。保護シールが貼ってある奴に限ってね、「この人は絶対に受からないなぁ」と思うのがあってね。あのね、

「慶應大学文学部に合格出来ますように」

って書いてあるンですけど、慶應大学の慶應って字が、漢字で難しいですね（笑）。だから、ローマ字で「ＫＯ大学」って書いてある（爆笑・拍手）。受かるわけないでしょ。まず、そこを勉強しなきゃ駄目だろう（笑）。そういう人たちがたくさん居る。

本当に何かに手を合わせるというのは、とてもいいことだという気がしますね。

十八年目の『芝浜』の会

二〇一四年十二月十九日　有楽町　よみうりホール
「林家たい平独演会　年末恒例　十八年目の『芝浜』の会」より『七段目』のまくら

暮れのお忙しい中、ご来場賜りまして、ありがたく御礼を申し上げます。

もう、数えまして十八年目ということになります。林家一門で『芝浜』を演《や》ろうという暴挙にでてから、十八年目でございます（笑）。いろんな師匠方から、「林家一門は、そんなことは演らなくていいンだよ」と（笑）、なだめすかしていただいたンですが……。それはそれでも、「やはり林家一門の『芝浜』というのも、あるンじゃないか？」

まだまだ、十八年前は若者で血気盛んでございましたので、そんなことを考えて一所懸命演らさせていただいたンですが、最初の頃はなかなか思うようにいきませんで……。師匠こん平に相談に行ったこともございます。

「師匠、『芝浜』を演らさせていただいているンですけど、巧くいかないんです……」

「あっ！　あの寅さんの？」（笑）
「それは、柴又だと思うンですけど」（笑）
「あっ、そうね」
「……あのぅ、サゲのところが、やっぱり何か、照れが出ちゃうンすかね……」
「どっやってンだぁ？」（笑）
「……（静かな口調で）止《よ》そう、また夢になるといけない……」
「ああっ！　それ駄目（笑）！　一度演る。よく、見ろ。……あぁー止そうぅ！　またぁ、夢になると、いけなぁぁぁいぃぃぃ！」（笑）
って、訳の分からない『芝浜』で……（笑）。これを教えてもらって、田舎で演ったら、これが意外とウケたりなんかしまして（爆笑・拍手）。それが情けなかったりなんかしたンですけど。
いろんなことがございまして、多くの方が天国のほうへ行ってしまって、……桂小金治師匠、まぁ、現役時代というのは、もうだいぶ前のことだそうでしてね。途中からは、映画の世界に入られて、まぁ、役者さんになって落語の世界は、一度引退をなさってたんですね。
わたしが『笑点』に入りまして暫くして、品川駅で新幹線を待っているときに、小金治師匠にお会いしました。ぼくも子供の頃からテレビで観て知っておりますンで、「ああ、小金治師匠だ」と思って、ご挨拶しようと、

「こん平の弟子のたい平と申します」

「あっ、観てるよ『笑点』、ねっ、頑張ってるね」

「ありがとうございます。嬉しいです」

「ねぇ、こんちゃん、元気？」

「はい、ウチの師匠も元気でやっております」

「そう、やっぱりね、元気じゃなきゃ、駄目だよね。……あのねぇ、ぼく、これからね、愛知の豊田のほうにね、一人で講演会行くの」

「えっ、師匠、お一人でいかれるンですか？」

「うん、元気なうち、一人で何でも出来るうちにね。一人でやらなくっちゃいけないと思って」

「ああ、そうですか。また、何かの機会でご一緒させてください。よろしくお願いします」

　そんなお話をして、ようやく新幹線が来まして、新幹線に乗って名古屋のほうへ向かって、品川から乗って十分ぐらいでしょうか……。ぼくの二席後ろに、小金治師匠がお座り

になっていた。

で、雑誌を読んでいたら、十分しないうちに後ろから、「……ハァ、ハァァァ、……ハァ、ハァ、ハァァァッ!」って、苦しそうな息遣いが聞こえたきた。……死んじゃう?……(笑)。ええっー、こんなところで、どうしたらいいンだろう? 助けに行かなきゃ――と思って、バァッて行ったら、小金治師匠が通路のところで、両方の肘掛に手を置いて、腕立て伏せしてたンです(爆笑・拍手)。

そんな八十近いお爺ちゃんが、いますか(笑)? まぁ〜、いろいろとこの世界は、驚くことばかりでしてねぇ。やっぱりね、個性的な師匠方というのが、もっともっと身近に居て欲しかったなぁと思いますよ。

志ん朝師匠も亡くなって、もう十年以上が経ったンですねぇ。ウチの師匠が倒れてからも、十年でございます。

だいぶ前に、お世話になった……今のぼくよりも、全然若いとき、お正月にお亡くなりになった四代目の桂三木助師匠……。逝去をきいたとき、お世話になったから、呆然としながら銀座線に乗ってボンヤリしていたら、天の声が聞こえてきて、

「次は、あなたが三木助。次は、あなたが三木助」(笑)

「ええっ、おれが三木助かぁ?」

って思ったら、車内アナウンスが「次は赤坂見附」って言ってただけだった（爆笑・拍手）。ボンヤリして、そういうねぇ……。

本当にたくさんの先輩たちが、そうやって先に逝かれてしまう。こういう世界ですからね、先輩とお付き合いをするという世界ですから、まぁ、これから本当にそういう場面に立ち会わなければいけないということも、たくさんあるンだろうなぁというふうに思っております。

恵方巻の文化論

二〇一五年二月八日　横浜　にぎわい座
「林家たい平独演会　天下たい平Vol.67」より『角かくし（新作）』のまくら

恵方巻、……今、微妙に賛否両論ですよね。「あんなのは大阪の文化なんだから、東京の人が真似することはない」って言いながらも、「でも、楽しいからいいンじゃないの？」って、新しい恵方巻作ったりしてますよ。でも、何だろう、大阪の文化だから、江戸の人間が真似して堪るか——みたいなのは、昔からそういうのあったンじゃないっですか？　あの、高知の、何でしたっけ、カチャカチャ音が鳴るやつ振りながら（笑）、踊るやつがあるでしょう？　何でしたっけ、チャゴチャゴマッコイじゃなくて、何かありますよ（笑）。えーと、なんだっけかなぁ……。

（客席）「よさこい」

ああ、そうそう、よさこい、ね、よさこい。よさこい踊りだって、元々高知だったンでしょ？　それが少しずつ文化が流れてきて、お祭りが無い町も、お祭りで盛り上げようって言って、それが北海道のほうへ行って、YOSAKOIソーランなんて言って賑やかになって……。

あれ、移したときを見ちゃっているから、「本物じゃない」なんて言ってるけど、あと二十年三十年経って、ぼくたちがみんな死んじゃえばね（笑）、自然と、あるときここに、突然発生したンだというようなお祭りになるわけですよ。だから、恵方巻も、そんなに目くじら立てて「大阪のものだから」って言ったり、することないンじゃないですかね？

「俺はね、江戸っ子だからね、あんな恵方巻なんか、食《く》わねーよ。ど真ん中に、あんな卵が入っている奴なんか、食えるか！」

って言ってますけど、「ど真ん中」って言葉自体が、大阪弁だったりするンです（笑）。「真ん真ん中」っていうのが、江戸弁だったりするンですけど。そういう意味で言うと、何だか分かんない。文化がぐちゃぐちゃになっているンですよ。

恵方巻で一番困っているのは、鬼だと思うンです（笑）。逃げていいのかどうか、分からないでしょ（笑）？　例えば、山本さんの家に鬼が来て、「うわぁー！　鬼だぞぉっ！」って言ったときに、家族全員が黙って恵方巻を食べていて（爆笑・拍手）、……十分ぐらいずぅーっと待ってなきゃいけないンです（笑）。食べてるとき、喋っちゃいけないンですからね、あれ。一番かわいそうなのは、鬼ですよ。迷惑です。

鬼のまわりの人は、みんな迷惑してますね。まいてる豆だってそうでしょ？　かわいそうに、一所懸命頑張っている小っちゃい豆なのに……。「ま」、悪魔の「魔」の「芽」が出る――だから、魔芽。これを炒って芽が出ないようにするから、炒り豆にするンでしょ？　……勉強になるでしょ（笑）？　林家たい平の落語は（爆笑・拍手）。

かわいそうでしょ、豆だってそんなつもりで来てないのに、いきなりね、二月の三日の節分になると炒られちゃってね（笑）、で、「悪い芽が出ないように」って、「何、言ってンだ」って感じでしょ？「おまえ、夏に枝豆で食ってただろ！」（笑）そういうのが、とばっちりで一番かわいそうですね。

今のニュースでも何でも、本当に怖ろしいニュースばっかりで、「鬼畜の仕業」だとか、「鬼畜生だ」とか、……鬼だって思ってますよ。「おれ、そんなに悪い人間じゃない」（笑）人間かどうか分からないけど、「おれ、そんなに悪いかなぁ？」って思っていると思いますよね。

鬼より酷い奴が、このところのニュースを見てて、鬼以上に悪い人間がいっぱいいる訳ですからね。どうなんですかね。

旅空の下、床屋にて

二〇一五年八月九日　横浜　にぎわい座
「林家たい平独演会　天下たい平Vol.70」より『千両みかん』のまくら

お運び様で、ありがたく御礼申し上げます。

今日も朝方は、やっぱり、立秋を迎えておりますンで、どうなるンだろうと思っておりましたら、朝は意外と涼しくて、「ああ、このまま涼しければいいなぁ」と思っていたところ、十二時にでもなりますとね、また昨日に逆戻りという暑さでございます。そういう最中《さなか》にご来場いただき、ありがとうございます。

ずっと太鼓を叩きながら、あずみちゃんの高座を聞いておりまして（笑）、もう、どっか、「羨ましい」という部分がございますね（笑）。もう、のびのび（笑）、勝手に演《や》って下さいというような（笑）。何か、もう、フォームを改造したりしては、いけない（笑）。ぼくのものじゃなくて、みんなのものだ（笑）――という、そういうふうな境地になりましたねぇ。あれはやっぱりなかなか出来ることじゃなくてねぇ。あの人が持って生まれた、ご両親からもらったものなんでございましょう。

普段一緒にいても、本当に不思議ですよ。この間、東北をずぅっーと仕事で旅をしてまして、何度も教えたンですけど、水車を見る度に、

「あっ、風車」(爆笑)

って、よく分からないンです。何回も教えて、で、写真も見せて、「これが水車で、これが風車だよ」って言ってるのに、水車を見る度に、

「風車ぁっ」(笑)

っていうふうに言うんですよね。何だかよく分からないですよ。

わたしも五十歳になりまして、いろいろと健康補助食品を飲んでみようなんて思って、で、あの、亜鉛《あえん》ってね、牡蠣……ぼく、あんまりね、牡蠣そんなにたくさん食べられないンで、でも牡蠣には亜鉛がたくさん含まれていてね、身体にいいっていうので、摂取しなけりゃいけないンですけど、牡蠣はあんまり得意ではないので、錠剤から亜鉛を摂ろうと思って、あずみちゃんに、

「亜鉛買ってきてもらっていい」

って言ったら、

「駄目です。そんなことしたら(笑)。人間じゃなくなります!」(爆笑)

「いや、人間じゃなくなるって？　少し元気がないから、それ飲んで、元気に」
「駄目です。そんな薬に頼ったらぁ（笑）！　ボロボロな身体になりますよ！」（笑）
「えっ（笑）？　……牡蠣とかに入っている奴だよ」
「……えっ、覚せい剤みたいな奴じゃないンですか？」（爆笑・拍手）
「それ、阿片《あへん》じゃないの（笑）？　阿片は飲まない。亜鉛なんだよ」
「あっ、そうかぁ〜」

なんて言ってね（笑）。ぼくたちには解らない世界、やっぱり、どっか違うンですよね（笑）。羨ましいなぁというふうに、もう、近くに居るだけで、たくさんネタが出来るンでしょうね（笑）。面白いですね。

あっ、そうだ。ご報告。にぎわい座の館長でいらっしゃいます歌丸師匠がずぅっーと、『笑点』をお休みでしたけれど、昨日『笑点』の収録がございまして、昨日から歌丸師匠が復帰をなさいました。わたしも心配して、「大丈夫かなぁ」と思ったンですけど、昨日は二本収録して凄くお元気になりまして、今まで通りに二本、お元気に演ってらっしゃいましたンで、またこのまンまずぅっーとお元気に演って欲しいな……。

もう、司会って、簡単そうにみなさん観えるかも知れませんけど、あれは指揮者なんですね。あの指揮者がリズムを刻んで、こっち側の我々、チェロの人が居たり、バイオリンの人が居たり、シンバルの人が居たりする中で、指揮者の手綱捌きと申しますかね、そういうので、巧く共鳴出来るンですよ。

だから、本当に歌丸師匠が居ないときの『笑点』は、酷かったでしょう（笑）？　あの黄色いおじさんのときなんか（爆笑）、……びっくりしましたよ。一門ずつ全部あの人が感想を述べるンですよ（笑）。で、いつもは15分なんですけど、結局切るところが見つからなくて、30分になってましたでしょう（笑）？　あれ、最初から30分撮ろうと思ったわけじゃないンです。15分撮ったつもりが、あれ45分ぐらい演ってたンですよ（笑）。で、詰めて30分になったンでね。

いやぁ、凄いですね。司会で、もう、あんなに変わるって言うかね……。そのあとが、好楽師匠だったでしょう？　酷かったですよね（笑）。いやぁ、びっくりするくらいに……。

やっぱりね、出演《で》るのと司会をするのと、これねぇ、同じ番組にいるかも知れませんけど、全然違うンですね。違う仕事してるンですよ。だからね、あらためてあちらに座らせていただくと、凄く勉強になるというか、やっぱり答えているほうが気が楽ですよ。答えは答えで、考えなければいけないけれど、司会者はね、

「あっ、また黄色が手を挙げちゃった」（爆笑・拍手）

とかね。多分思うわけでしょう（笑）？　何にも出来てないのに、また手を挙げてる――みたいな（爆笑）、思うわけでしょ？　だから、そういうのを本当に巧く、いやぁ、凄いですね。リズムをつけてくださって、歌のように滑らかにしてくださっているというね。

やはり、歌丸師匠だって元々は、ぼくたちのように回答者だったンで、その間に、歌丸師匠は凄く勉強家で、枝太郎くんに聞きましたけど、今までのVTRを編集して自分が答えているところをずぅーっと流して、「ああ、あそこはいいなぁ」とか「ここは駄目だな」とか勉強していた。回答者のときも「あっ、おれが司会者だったら、こうするな」ってのも勉強していた。今回入院なさっているときに、「あっ、おれの司会だったら、ここはこんなこと言うな」とか、それからまた、ずぅーっと『笑点』を観ていて、誰か他の人が司会を演っているときに、「あっ、こういうことを言うんだ、この人は」というので、凄く、こう、何ですかね？　前向きな向上心で『笑点』を観ていて、ただ黄色い人の時には、もの凄く血圧が上がって（笑）、大変だった――というふうに昨日仰ってましたけど、まぁ、本当に元気になられて良かったなぁ。

今日新聞に載っておりましたけど、「あと五十年は、司会を演る」って（笑）、言ってありました。……何歳まで生きるンでしょうか（笑）？　でも、そのぐらいの気持ちで師匠にはおやりになって欲しいですね。

まぁ、『笑点』メンバーになりましてから、日本全国を旅することがだいぶ増えまして、先日は福島の「いわき」というところに行ってまいりました。で、いわきからレンタカーを借りましてね、楢葉《ならは》のほうへ行って、双葉のほうへ行って、大熊のほうへ行って、というふうに原発の直ぐ近く、未だぼく、震災後、福島に行ったことがなかったンでね、あの原発の近くにですよ。

もう、本当に、あのう、まぁ、落語会でこんなことを言っても、あれですけど、見て来た通りのことをお話します。

もう、「東京オリンピック」なんて言ってる場合じゃないですね。いや、もう、日本中の人に見て欲しいですね。もうテレビだと、どっか忘れられちゃってるでしょ？　忘れられてると言ったら失礼ですけど、もう何もなかったように……、まぁ、また再稼動で川内《せんだい》原発が何だとか、かんだとか、言ってますでしょう？　もうね、本当に福島のあの現状を見たら、もう止めたほうがいいですね。新国立競技場なんて……、あんなお金は本当に福島に使って欲しいと思いますよ。

もの凄いンです。きれいな田園風景が、突然ですよ、トンネルというかね、ひとつ道を挟んで、山を挟んで、ふっとまた出る、その山間《やまあい》のところに、真っ黒なビニール袋に入った除染した土砂が、もう、何千、何万と積まれたりしてましてね。その間に緑の田園風景があって、これ本当に不思議な、不思議なというか、いや、これ、「大変だな」と思いましたよ。

本当に是非何か機会がありましたら、行って見てください。行くことはやっぱり大切ですね。テレビで見てるとね、テレビはもう、毎日くだらなさ過ぎるでしょ（笑）？

もうねぇ、テレビ見てて、「暑いの、わかってるよ」って思っているのに、もう、ほぼニュースが、「暑い」ニュースでしょ（笑）？　なんか、

「今日は、館林が三十八・九度です！」（笑）

なんて言って……。で、館林に行って、

「もう、クラクラします（笑）。手すりのところを、ちょっと、触って、熱いっ！」（笑）

なんて言ってるの。そりゃわかってますよ。みんな暑いンですから……。そりゃ台風中継とかはね、台風が来てないところでね、「わっ、凄い台風だな」って分かりますよ。

でもね、「暑い！」のは、みんなも「暑い！」ンですから（笑）。それなのに、いちいち、「熱っつい！」なんてやってる（笑）。もうなんか、温度計出して来て、こんなふうにねぇ、本当に無駄なことばっかりやって……。いや、もうね、全員で福島の今を見に行ったほうがいいですね。

これは、人の前に立ったら、声を大にして、どこでも言おうと、そういうふうに思いま

した。

なんか、「原子力、明るい未来のエネルギー」なんて言う標語の前を通ってきて、もう、凄いンですよ。全部のお家の前はバリケードで、中に入れないようになっていて、「いわき」まで延びている国道だけ走れるンです。国道から枝葉のように分かれている道には全部バリケードがありました。で、少し大きな、その枝葉で分かれるバリケードのところには、おまわりさんか、警備員さんが立っていて、居住証明書を見せると、そこに辛《かろ》うじて入れるぐらいで、あとはもう、国道に面しているお家のところは、もう、全部バリケードが……、一つ一つ置くのだって大変な作業ですし、で、入れないというような状況になっていて、パトカーだって、ぼくが行ったときは、北海道のパトカーが未だパトロールしてくれている。日本中の警察の人たちが、ねえ、入れ替わり立ち代りああやって警備しているンでしょう。

本当に東京オリンピックは、「もう、いいやぁ……」と思いましたね。……なんか、まじめな話で、すいませんねぇ（笑）。

それが「いわき」、二日間でした。で、「いわき」でね。木久扇師匠の知り合いの割烹旅館で、二日間落語会だったンですよ。二日ありますから、初日に行って夜は落語会をして、で二日目が夜まで時間があるので、ぼくはレンタカーを借りて、福島の第一原発、第二原発、広野とかね、そのあたりをずぅっーと見て来たンですけど、その旅館の女将が、ずぅーと勧める場所がありまして、「アンモナイト・センターに、絶対に行って見てください」って言うンですよ（笑）。一メートルぐらいある、あのアンモナイトの化石が、ゴロゴロ出土してるって言うか、出てるところがあって、それを「是非見てきてくださ い」って言われて、で、帰りに「アンモナイト・センター」という看板があったので、あっ、折角だから、まだ少し時間があるンで、「アンモナイト・センター」というところにいきましたら、……凄いですね。アンモナイトがいた時代の、そのままの地層が、掘ったあとが、掘って半分ぐらいアンモナイトがドンドン出てるンすよ。で、その地層のところに、建物の覆いをして、そこが「アンモナイト・センター」になっているンですけど……、ぼくしか客が居ないンですよ（笑）。

で、アンモナイトより客が来るのが珍しいみたいで（笑）、ずーっと係りの人がついて来るンですよ（笑）。で、説明をしようとしてくれる。ねっ？　久しぶりに来たお客さんで、説明をしようとしてくれてるンですけど、ただ地層を覆っただけのセンターなので、もの凄く暑いンです（笑）。あの中はね、五十度ぐらいあった筈です。

で、入ったとたんに、もぁぁぁってなって、「もう、こりゃ無理だぁ」と思ったンですけど、ずーっと付いてきてる（笑）。この人は、もう慣れている（笑）、五十度は普通にるンですけど、もうねぇ……、自分が化石になりそうでした（爆笑）。もの凄い。「アンモナイト・センター」、凄いですよ。もう、アンモナイトしかないンです（笑）。〝何《なん》もナイト〟みたいな（爆笑・拍手）……本当に素晴らしかったですねぇ（笑）。一度、行って見てください。日本中の人が見るべきです（笑）。第一原発、第二原発見てから、「アンモナイナイト・センター」です（笑）。もう、絶対大切だと思うンですけどねぇ。

一度いわきから帰って来て、今度は気仙沼に行ったンですよ。……帰らないほうがよかったンじゃなかなぁと思ったンンですけど、「いわき」から気仙沼の方が近かったンじゃないかなぁと思うンですけど、何だか東京に帰って来て、円楽師匠と一緒に気仙沼行って、終わって一関の近くまで帰って来て、次の日は、登米って言うね、宮城県の登米っていう町に行って来たンですけどもねぇ。もう最近、自分がどこにいるのか分からない。

この髪《あたま》はねぇ、宮城のとある町で調髪《や》ったンですよ（笑）。

町を旅して、何か、ちょっと雰囲気が良さそうだなぁって思って、お蕎麦屋さんに入ったりとか、食堂に入ったりするでしょ？「何か、ちょっと傾きかけてるこの風情が良くて、絶対に何か美味しいものが食べられる」とか言って、入ると、実はもの凄く、やっぱり傾いちゃってる理由がぁ（爆笑）、そこにあったりするわけじゃないですか。ラーメン屋とかも、そうでしょ？何か、自分を信じて入って行くと、ねぇ、「こだわりのスープ」って書いてあるンですけど、「……多分このご主人は、三十年前に一度食べただけで、もう、ずーっと自分で作ったラーメン食べてないンだろうなぁ」っていうような、こだわりのスープだったりするンですね（笑）。

ぼくはねぇ、食堂って言うよりはね、床屋に入るのが好きなンですよ。全く知らない町で、一時間ぐらい時間を見つけると、床屋に入ってみる。

その日は朝の八時から一時間ちょっとしか時間がなくて、もう無理かなぁと思って町をウロウロしていたら、やっぱ、田舎って、お爺ちゃんとかがやっているンで、四時ぐらいから起きちゃってるから（笑）、「早朝から営業！」みたいな、そういう感じの床屋さんがあった。

偶然見つけたのは、朝七時半から営業している床屋さん。「いいですか？」って言ったら、……七十五歳ぐらいのお爺さんがおやりになっている。ぼくは九時半までしか時間が無いけど、八時に入って、「まぁ、一時間あれば十分だなぁ」と思った。でも、ハサミを取って、ここまで戻ってくるまでが、もの凄く時間がかかる（笑）。いや、びっくりするくらい時間がかかるンです（爆笑）。

それで、今度はハサミを置きに行くまでが時間がかかって、髭剃りの泡立ても、びっくりするくらい時間がかかっちゃって……。だけどね、泡立てだけ、凄く上手なんです（爆笑・拍手）。もの凄く手が早く動いているンで、アワアワアワ、そのままずぅーと泡泡（笑）。

凄いですよ、切っているのか切っていないのか、よく分からないくらい、ハサミもずぅーっと動いている……（笑）。

ちょっと怖かったのは、「不精床」ってぇ噺があるンですよね。それと同じぐらいに（笑）、手がねぇ、震えているのに、髭剃り持ってくるンですよ（笑）。あれ、凄いですね。もうねぇ、職人技ですね。剃刀持って、ここにあてた瞬間に、震えがおさまっている（笑）。ピタッ……、で、チャッチャッチャッチャ……。

いまねぇ、男の人は分かると思いますけど、昔はゾーリンゲンなんかでね、ちゃんと髭剃りを自分で手入れをして、しっかりよーく、ピッカピッカに磨いて、本当に切れるゾーリンゲンで、チャリッ、チャリッってやってくれたンですけど。最近は何かね、安全性のほうが重要みたいで、三枚刃の剃刀を装着できるみたいな、そういう安全式の剃刀になっちゃっているンで、意外と適当なんですよ。なるべく切らないように、皮膚に迷惑かけないようにってンで、まぁ、「やりましたよ」ぐらいなんで、床屋から帰って来て二時間ぐらいすると、もう、髭が凄いンですよ（笑）。今の床屋さん、そういうことが多いンですけど、……そのお爺さんはね、多分ね、……地元では「髭剃りの政《まさ》」とかっていうあだ名で呼ばれていたンだと思うンですよ（爆笑・拍手）。

髭剃りだけで、三十分ですよ！　普通ね、髭剃りだけだと十分ぐらいで終わるンですよ。それがね、三十分です。それも、もうね、自分の顔が、顔じゃなくなるンじゃないかってぐらい、ぼくの頬をつまんで思いっきり、こっちへ引っ張られたり（笑）、あっちへ引っ張られたり（爆笑）、もう、凄いンですよ（笑）。丁寧なのか、酷い扱いなのか、よく分からない（笑）。

今までで、やられたことがなかったンですけど、鼻の穴の中に、髭剃りを入れられて（笑）、……鼻の穴の中ですよ。小鼻の内側にも、少しどうやら生えてるみたいで、そこをジャリジャリってやるんですよ（笑）。で、あげくに、まぁ、小鼻ぐらいだったらやられたことがあるンですけど、鼻筋をねぇ、鼻筋が凄く好きらしくて（笑）、鼻筋を百回くらい剃られました（爆笑・拍手）。鼻筋ですよ！　あんまり毛が生えていないでしょう？　もう、びっくりするくらい……。

でもねぇ、それから一週間ぐらい、あれが八月一日の朝でしょ、で、未だにですよ、……未だにつるつるなんですよ（笑）。いやぁ、髭剃りやると、昔は直ぐにジョリジョリしたのに、もう、「髭剃りの政」以来ねぇ（笑）、びっくりするくらいお肌がすべすべになっちゃった。だからね、どれだけ、凄いのかなぁって思ってね……。隠れた名人というか、技術を持った凄い人で……。

で、お爺さん一人でね、ゆっくりゆっくり動いてねぇ、ゆっくりゆっくりやってくれたら、最初お爺さんしか居なかったンだけど、小学校三年生ぐらいの女の子が、お店のほうへ出てきて、ぼくが映っている鏡の向こう側で、その女の子がぼくを見つけて笑顔を向けてくれた。だから、ぼくもその女の子に笑顔をかえしたのに、「髭剃り政」が（笑）、はにかんでいるンです。いや、違う違う違う。お孫さんが後ろにいて、お孫さんがどうやらぼくに気がついたみたいで、微笑んでくれるから、で笑顔を向けると、「政」が、ぎこちなく微笑むンですよ（笑）。意味が分からないですよ。

で、三年生の女の子が奥に引っ込んだら、今度はお婆ちゃんを連れてきて、お婆ちゃんも笑顔で（笑）、「あっ、増えた」と思ったら、今度は女の子のお母さんまで増えちゃって、後ろに三人増えたンですよ（笑）。この「政」の奥さんと、あ、「政」って名前かどうか、分かりませんよ（爆笑）。奥さんと、お孫ちゃんと、お孫ちゃんのお母さんの三人がいて、で、椅子を倒されて三十分の髭剃り、で、起き上がった瞬間に、八人に増えてる（爆笑・拍手）。近所の人を呼んじゃったンです（笑）。

「どうやら、そうじゃないか？」って話題で盛り上っているンです。わたし、椅子を倒されているからね、後ろ見えませんよ。だけど、後ろで、

「あれ、そうじゃない？」（笑）

「多分、そうだど思うンだげどぅ……、だげど、まさかウチさ来ねえよねぇ」（笑）

なんて、会話してるの。で、起き上がったら、その八人が、

やっぱ違うよねぇ～」（笑）

違わねぇっつーのって思いながら（笑）、いやぁ、凄く面白かったですよ。

その晩は移動して違うホテルに泊まって、何にも無いンですよ、周りに。「ここは、床屋が無いだろう」って思って。朝六時に日課のウォーキングしていたら、ホテルを出て五十メートルしか歩いてないところに、いきなり床屋があった（笑）、……ここも七時半からやってるンですよ（笑）。で、ウォーキング終わって、一旦シャワー浴びて、ご飯食べて、「床屋行こう」と思って、その床屋に入ったら、先にお客さんがいて、「ちょっと待ちますか？」って言ったら、「大丈夫です」って言うンです。

「いや、お客さん、一人……」

で、椅子は一つしかないンです。で、お母さんがやってるンです。六十歳くらいのお母さんがやってて、お客さんがいて調髪してるンです。

「いいです、いいです」って言ってるのに、そのお客さんが「大丈夫です！」って言って（笑）、ケープ付けたまんま、「大丈夫です！　大丈夫です！」って言う（笑）。「大丈夫じゃないですよね？」って言ったら、そのお客さん、その店のご主人だったンです（爆笑・拍手）。

やること無いから、夫婦でのべつやってるンですね（爆笑・拍手）。意味が分かんないでしょ？　もう、ご主人の頭、つるつるなんですよ。切る髪ないから、何をやってたのか分からない（笑）。毎日が、……床屋プレーですよね、きっと（笑）。

で、しばらくしたらご主人が、

「違うますよねぇ？」（笑）

「な、何がですか？」

「テレビさぁ、出てる人と違いますか？」

「あっ、ちょっとだけ」

「母《かあ》ちゃん、やっぱそうだよ。入ってきたときから、……じゃねえかなぁって思ったもン

(笑)。えーと、名前は何でしたっけ？」(笑)

「林家たい平と申します」

「ああ、そうだぁ～、オレンジだ、オレンジ(笑)。ちょっと、いいですか？」

って言って、ぼくはケープをつけた「てるてる坊主」みたいなまんま(笑)、またご近所の人を呼びに行って来て(笑)。結局、髪染めの間、時間があるでしょ、二〇分くらい、で、ぼく二〇分間、ずぅーっと色紙にサインしてたンですよ。で、ピッピ、ピッピって鳴ったンですよ。「あっ、鳴った」って言ってもね、「あと四枚ありますンで」って、どっちが大切なんですか(爆笑・拍手)！　時間的にどっちが大切なんだって(笑)。結局、ピッピとずっと鳴ってるのに、あと四枚書かされまして、……でもそんな時間がとっても楽しかったです(笑)。

床屋のおばさんの手が傷だらけなんですよ。

「どうなさったンですか？」

ってきいたら、

「娘がポメラニアン買ってきて、これが全く懐《なつ》かなくて(笑)、ジャンジャン噛むの」(笑)

「それ、ちゃんと躾《しつけ》したほうが良いですよ」

「躾したって駄目、娘の躾もだめだったもん」（爆笑・拍手）

どんな娘さんなんだろうと思いました。……いろんなところで、いろんな人の人生を見ることが出来ました……。まぁ、本当に暑い夏ですが、楽しいこともたくさんあります。

樵になった友人のこと

二〇一五年十二月十三日　横浜　にぎわい座
「林家たい平独演会　天下たい平Vol.72」より「演目当てクイズ9」のまくら

夫婦のあり様と言うのを、凄く考えさせられまして……。先日、福井に仕事に行きまして、「隣町だから、行くよ」って言って、高校時代から予備校で知り合った友達と未だにずぅっーと仲よく付き合っておりまして、彼は多摩美術大学でデザインを勉強をしておりました。ぼくは、武蔵野美術大学。大学が離れ離れになってしまったので、ちょくちょく会うような仲ではなくて、二年に一度ぐらい連絡をしあって、「元気？」なんて言うくらいでした。

少し歳をとってきて、お互いのことが気になってきて、「どうしてるのかな？」っていう連絡を、少しずつとるようになりまして……。あるとき、連絡をしたら、デザインの仕事ではなくて、

「俺、今、樵《きこり》やってるンだぁ」

って（笑）、びっくりするような答えが返って来ました。「えっ？　どういうこと？」多摩美でデザインを勉強してたンですね。グラフィック・デザインと申しまして、オリンピックのエンブレムを創ったりとか（笑）、オリンピックのエンブレムに似せて絵を描いてみたりだとか（笑）、そういうような勉強をしていたンですけど、あるとき木に触れまして、木彫をはじめたンですね。

デザイン科だったンですけど、素敵な木の彫刻をはじめて、多摩美の助手として大学に残って、生徒たちにも教えながら、木に触れる度に、「木の居場所をもっと見たい」というので、森に入るようになった。森が荒れているという現実を見て、「これは、もっと、もっと、森に触れるべきじゃないか」ということを考えて、いろんな森に通うようになったンですね。

そこで今度は林業に興味を持ち……、今、なかなかお金にならない大変な労働の中で……。安い材木は外国から入ってまいりますし、どんどんどん里山が放ったらかしになって、そういう状況で人が足りない、若い人が居ない……、それをまた目の当たりにして、

「これは、自分たち若い人間が、ここに飛び込まなかったら、日本の森や木はどうなって

しまうのか、ほっとく訳にはとてもいかない」

そんなことを考えて、長野と岐阜と幾《いく》つか町をさがしているなかで、福井の九頭竜湖《くずりゅうこ》ってのがありましてねぇ、恐竜が化石として出土するような……。もう、岐阜と福井の県境でしてね。そこにダムがあって、九頭竜湖っていうダムなんですけど、その近くの森林組合で若い人を募集してるっていうのを見て行ったンですね。

何にも無いンです、まわり……。ホントに、何にも無い山の中に。その旧和泉《きゅういずみ》村っていう、今は合併してしまった村が建てた村営住宅に、若い人たちが移住して、「二十年住んでくれれば、無償で家を差し上げますよ」っていうようなことだったンですね。

奥様も、東京で建築デザインを勉強してましたので、働いていたンです。……まさか、お互いに関東出身ですから、福井の山の中で暮らすということは考えてもいなかったンですけど、彼が奥さんに、

「福井の山のなかで、樵になりたいンだ」（笑）

最初は凄く悩んだみたいですけど、それでも、

「あんたがやりたいンだったら、行きましょう」

ってことになって、二人で福井の山の中で暮らすことになった。

森林組合のテストってのが、あるらしいですね。杉の植林テスト。その杉を植えるって

いうテストがあるみたいで……。そのちょうどテストを受けてたときに、お腹にいた赤ちゃんが生まれたっていう連絡を彼が受けまして、で、彼女の名前は「菜絵《なえ》ちゃん」というね（笑）、菜の花の「菜」に、「絵」は、絵を描くドローイングの「絵」でね、菜絵ちゃんという名前で……、忘れられない日で、ここにずぅっーと家族三人で住もうと決めた日に、娘さんが生まれた。

一時間四十分かかるンですね、九頭竜湖線で。娘さん、福井の学校に通ってるンですけども。行きが一時間四十分、帰りが一時間四十分。一日に四本ぐらいしかない単線に乗って……。高校二年生ですから、多感なときなんでね、

「田舎に住むって、どう？」

って訊いたら、お父さんがいるところでは、全くぼくに答えてくれないで、「うふふ」って笑ってたンですけど、お父さんがちょっと席をはずしたら、

「わたし、この生活、嫌《や》じゃない。旧和泉村、大好きだし。お父さんとお母さんがこの村を選んでくれたから、わたしは、今、ここに居られる」

っていう、そんなことを言ってくれてねぇ……。「ああ、とっても素敵だな」その親子が、そこにいることも、そうですし、お父さんとお母さんがそこを選んだことによって、彼女はそこで生まれて暮らすようになった……。多分、長い人生のなかで……、まぁ、通

学には時間がかかるけど、ぼくたち東京に住んでいたり、都内に住んでいたり、都心に住んでいて、都会に住んでいる人が味わえないものを、たくさん味わって大きくなるンじゃないかなぁ。

こういう「縁」というのもね、不思議ですよ。自分は子供ですからね。「ここに住みたい」なんてことも言えませんし、まぁ、親が決めた場所で、自分の人生がはじまる訳ですけども……。ホントに、苗が一本、そこに植わって大きな木になるのを、ぼくは他人の子ですけど、自分の娘のように、ずぅっーと彼女を応援して見守って生きたいなぁなんて――、そんなふうに思いました。

いろんな夫婦の形があって、そのときに奥さんが、「嫌よ！」なんて言ってね、「わたしは東京にいるから、あんただけ行ったら？」なんというようなご夫婦も、おありなんでございましょう。それがいいとも悪いとも言えませんけどねぇ（笑）。う～ん、なかなか難しい……、だけど凄くこの友達の家族が素敵だなぁと思いました。

今のほうがたくさん連絡を取るようになって、男同士でＬＩＮＥで結ばれてまして（笑）、

「今日は、木を三本切り倒した」

なんていうのが送られてくる（笑）。

林道を作るために……、ただあれ、材木を作るために木を切る訳ではなくて、ここに林道を作るために木を切らなければいけないとかね。越前大野城《えちぜんおおのじょう》ってのがありましてね。天空の城があるンですね。そこも、やっぱり見晴らしが良いように、そこに生えてしまった杉とかも、伐採するンですけども……、お城で史跡ですからねぇ、もの凄く大きな杉を倒すのにも、倒して石垣を壊したりするといけないンで、もの凄く緻密な計算のなかで大木を倒して、それをどこへ曳いて、どこへもって行くか？　なんていうのも、全部頭のなかで計算して、仲間と一緒にやるンだよ——なんて、話をきいて、「今日もこんな仕事をしました」というのが、お互いに、今、ＬＩＮＥでやりとりをさせていただいております。

何か、大自然の中で暮らしたいなぁ——というふうに、凄く思うようになりましたねぇ。そしたら、

「田鹿も、六十歳になったら、こっちへ来ればいいじゃないか？」

「何の役にも立たないよ」

って言ったら（笑）、

「……そうだなぁ」

って言ってました（爆笑）。

「村の人を笑わせるって、どうだろう？」

「あまり、必要ない」（爆笑）

って言われまして、

「道の駅で働く位かなぁ〜」

って言われて、「まぁ、道の駅で働くもいいのかなぁ〜」って思いました。そんな話が出来る若い頃の仲間ってのは、いいですよねぇ。

そのときどき、たくさんの夢があって、何時かは出世するぞ！　なんて思ったりします。暮れになると、そういう思いがぐうっと強くなってくるンですね。

昨日ちょうど、有楽町のところを通りましたら、西銀座チャンスセンターのところは、もう、大、大、大行列でございました。

「わぁっ、こんなにたくさんの人が買えば、絶対に一等が誰かに当たるわ」（笑）

と思うぐらいの、そんな行列でございました。でも、そこに並ぶことって「どうなんだろう」とは思いませんでした。それで何か夢を見ながら、「十億円当たったら、こんなことがしてみたいな」なんていう、まぁ、そんな夢を買うというのも、いいものだなと思いながら、今、都会のまんなかをうろうろしております。

バレンタインデーの思い出

二〇一六年二月十四日　横浜　にぎわい座
「林家たい平独演会　天下たい平Vol.73」より『抜け雀』のまくら

不思議な天気で、湿気を多く含んだ空気でございましたので、桜木町から歩いてくる地下も、床が凄く濡れておりましたので、一度転んでしまいました（笑）。実にそういう瞬間というのは、「歳をとってしまったンだなぁ」と思ったりなんかして……。

まあ、自分が予期せぬことっていうのは、どんどん起こりますね。若い、若いと思っていても、何かそういうところで、「足が一センチちょっと挙がらなかったンだなぁ」とか、その足の着き方だとかが、「ちょっと、やっぱり以前とは違うンだなぁ」だとか、そんなことがねぇ、日々の生活の中で、感じることが多いンですねぇ。

コートを着るのに、「コートが着づらいなぁ」と思っていたら、五十肩になっているとかですね（笑）。まさか、自分は五十肩にならないだろうと思っていたンですけど。まだ、わたくし、老眼だとは、自分では認めていないンですけども（笑）、針が……（笑）、前は完全にどんなことがあっても、糸がちゃんと通ったンですけど、もう、糸すら見えない（笑）。

いや、ちょっと愕然としますね。ある日突然と言うかね、毎日別に針仕事しているわけじゃないですから（爆笑・拍手）。そんな何ヶ月かに一回ぐらい自分で、「あ、ちょっとこが解れちゃった」って言ってね。ウチは、子供たちがぼくに……（笑）、「お父さん、ボタンがとれたからお願いします」（爆笑・拍手）

かみさんのほうじゃないですよ。

「お父さん、アイロンかけといて」

っていうのも、ぼくなんです（笑）。……すべてぼくなんです。

まあ、ぼくは仕立て屋の息子ですから、そういうのは得意ですから、いいんですけど、いやぁ、本当にびっくりしましたねぇ。

「ええっ？」（笑）

まず、針の穴が見えないし（笑）、今度は「通ったぁ」って思ったら、全然通らなかったりねぇ（爆笑・拍手）。あれ、ありますでしょう？「おお、見事に通った」って、「全然通ってないやぁ〜」っていうのが……（笑）。それを何回も繰り返して……。

最近、あの、「えんきん」っていう薬があるでしょ？　あれ、今、飲みはじめている(笑)。何となく、少し良くなった感じがしますね。

車運転しててね、テールランプが真っ赤に、ぼうっーとなるのは、これ、皆んなだと思っていたンですけども、最近は、「えんきん」を飲むようになって、ちゃんとテールランプがぼやけなくなってきたンで、よかったよかったと思いながらね。まあ、針の穴も少しづつ通ったりするようになりました……。

まあ、いろんなところが、いろいろと痛んできたりするもんだなと思ったりしてますよ。仕方がないですよね、五十一年も生きてるわけですから。

この五月の十五日で、『笑点』という番組も五十歳。凄いですね。で、「五月の十五日になったら、座布団の取りっこは止めようじゃないか」って案が出ているンです。と言いますのは、ぼくから向こう側がね、もう六枚以上座れない状況なんです(爆笑・拍手)。「最近なんで、座布団十枚が出ないンだろう」って、皆さんね、そりゃぁ、「歌丸師匠、何で十枚出さないの？」じゃなくて、歌丸師匠が目でね、

「(座布団)あげようか？」

ってやると、あのお爺さんたち、

「いらない、いらない、いらない」(笑)

「無理、無理、無理」(爆笑・拍手)

って、そういう光線を出しているので、座布団あげ辛いみたいなんです。だから、四枚、五枚くらいのままで、ずぅっーといるでしょ?

だから、体力的に座布団に昇れないンで(笑)、何かいい案は無いだろうか? って、この間皆さんで話し合いをしまして、どうやら、ぼくの案が通りそうです。

五月の十五日の次の週からはですね、「介護ベッド大喜利」というのを演るンです(爆笑・拍手)。テーマソングが流れている間は、皆寝たまんまです(笑)。だから、カメラから見ても、誰がどこに寝てるか? あんまり分からないですね(笑)。

で、手を上げる気力もありませんから、答えが出来た人は、ナースコール・ボタンを押していただくことになっています(爆笑・拍手)。そうすると、歌丸師匠のテーブルのところに、ピンクやオレンジのランプが点きまして、電気がついた人に回答権があるンです。で、面白い答えをいうと、だんだんベッドが持ち上がってくる(爆笑・拍手)。で、面白くないと、ずぅっーと寝たまんまですから、一切テレビに映らない状況(笑)。

「それ、どうだろう?」

って言ったら、

「いいねえ」

って言ったンですけれども、やっぱり採用されないと思います（笑）。

まあ、いろいろとねぇ、機械の力、電気の力、まぁ、そうやって科学の力を利用させていただいて、長く長く百年ぐらい、続けばいいなぁ——そんなふうに、思ったりなんかするンでございますが……。

今日は、バレンタインデーなんですね。日曜日ってのは、凄く微妙みたいなんですね。ぼくたちは別にいいですけど、子供たちが可哀想ですよね。まぁ、可哀想なのか、ラッキーだと思うべきなのか、「日曜日だから渡せないよ」って言ってしまえばおしまいですからね。

あれ、平日なんか、家の娘なんか高校生ですけれども、前の日から一所懸命、チョコレート溶いて、型の中に入れて、いろんなものを塗したりなんかして、で、一個づつビニール袋に入れて、もう、クラスの女の子、全員に、ウチの娘は女子高ですからね、女の子同士で全員でやるンですよ。だから、全員分あげると、全員分返ってくるンです（笑）。凄いですよね。そういうのって、どうなのかなぁって思いますけれども、楽しんでやっているンだったら、それはそれで青春の一ページとして、いいかなと思ったりもするンですけどね。

ぼくたち、子供の頃ですよ。ちょうどバレンタインデーってのが、流行り始めた頃。あのう、ショーケンだったかなぁ……、「デュエット」とかいう、その当時はね、シガレットケースみたいな箱に入っていて、金の紙に包まれて六枚入っている、あれが最高級のチョコレートだったでしょ？　あの当時は（笑）。

その「デュエット」ってのは、パッケージが、パカっとこう開いて、洋モクみたいなね、あの当時、外国の煙草が両側に開いて、こういうふうに入ってましたでしょ？　あれと同じような、ちょっとシガレットケース風の「デュエット」っていうのが一番高くて、二百円ぐらいでしたよ。あとはもう、ハートチョコレートだとかね。凄く単純なチョコレートをあげていたんですけど……。

今、もう、凄いですよね。……一粒ですよ！　……一粒で、……二千五百円とか……（どよめき）。もっと凄いのは、一粒で五千円で、一つの箱に入っている。どうやって食べたらいいンですかね？　あれ（笑）。ちょっとかじって、「今日はここまで」みたいな（笑）。一度舐めて、吐き出して置いておくとか（爆笑）。何か、三週間くらいかけて食べないと、何か勿体無いような感じがするような（笑）、もうチョコレートじゃないですよね。

バレンタインチョコは、下駄箱とかに入ってたでしょ？　信じられないことですよね？

それも中学生とか高校生の下駄箱とか、臭いンですよ（笑）。その下駄箱に食べ物が入っている（笑）。凄い時代でしたねぇ。

体育の授業とかがあると、渡しやすいンですよね。教室から居なくなるンでね。そのときに好きな男の子のところに、こう、置いておいたりしてね。

桜の季節の新真打たち

二〇一六年四月十日　横浜　にぎわい座
「林家たい平独演会　天下たい平 Vol.74」より『長屋の花見』のまくら

もう今日は本当に春満開というような感じでございまして、そういう日和にかかわりもせず皆さんで室内に集まっていただくという（笑）、大変申し訳ない感じがいたしております。おわりましたら、表で大いに春を満喫していただけたらなぁ、そんなふうに思っております。

今ちょうど、新宿・末廣亭というところで、まさに落語家として春爛漫を迎えた五名の新真打の披露興行中でございます。ぼくも二〇〇〇年、今から十八年前くらいに、「あぁ、そう言えば、真打になったンだなぁ」というふうに、若い人たちを見ていると思うンですねぇ。

今、本当に乗っていると申しますかね、楽しくて仕方が無い、そんな時期なんじゃないかな、まあ、桜に例えたら、満開の花が咲いているような、そういう心持ちなンじゃないかな？　そんな話をしながら、二代目木久蔵くんと、お酒を飲んでおりまして、で、「夜桜、ちょっと観に行こう」というので、二人でほろ酔いでウロウロウロウロしておりまして、
「ああ、兄《あに》さん、いいっスねぇ。花、……全開っスねぇ～」（笑）
って、言ってました。まあ、そういう表現もあるのかなぁと思いながら（笑）、
「花は満開って言うンだよ～」（笑）
っていうふうに教えたら、
「でも一応、全部開いてるから、全開っスよねぇ～」（爆笑・拍手）
まあ、あの人にはあの人なりに表現があるんだなぁと、ジャマしちゃいけないなぁと思います（笑）。

師匠こん平は、リハビリ中でございましてね。それで、ウチの師匠の最後の弟子の林家ぼたんの披露目《ひろめ》の口上には、座って並ぶことが出来ませんので、一席終わった後に間に合う時間に来ましてね、黒紋付に着替えて、ですからこの間は、十何年ぶりに新宿・末廣亭の高座に上がりました。座ることが出来ませんから、立って、「よーおっ」って手締めの

ときに師匠が出てくる。弟子のことを思う師匠のそれがね、「最後の弟子に対する思いなのかなぁ」って思って、なかなかいいもんですね。今日も多分、千秋楽でぼたんがトリを取りますンで、ウチの師匠こん平も来てくれていると思います。

この間、ぼたんがトリを取ったときに、新宿・末廣亭の隣に「あづま」という、ウチの師匠がよく行っていたレストランがありまして、そこは地下に降りていくンで、ウチの師匠ちょっと足が不自由なので、降りられるかなぁと思ったら、やっぱり「弟子を祝いたい」という気持ちと、「少しでも酒が飲みたい」という気持ちで、見たことも無いくらいすっと、階段を降りて行きました（笑）。やっぱり、こういうもンなんだなぁと思いながら……（笑）。

「師匠、一杯だけですよ」

って言って、ビール注いで乾杯して、

「乾杯だけですよ」

って言って、兄弟子がビール瓶を片付けようとしたら、凄い声で、

「こらぁっ！」

って怒ってまして（笑）、普段そういう声は出ないンですけども、酒に関しては、はっきりと意思表示が出来るようになって（笑）、「ああ、それもよかったなぁ」というように

思いますよ。

春になると、毎年毎年、落語家の真打が、ふぁっと登場するというようなねぇ、今まで二つ目でいた人たちが真打になった途端にやはりねぇ、花が咲いたようになります。先ほどから言ってますけども、もう、桜ってのは本当に不思議な木ですね。普段の暮らしで、どこに桜の木があるていうのは、あまり意識として見ていないですよ。どこに桜の木があるのか？ これが欅の木のなのか？ それとも楓の木なのか？ あまり意識しないで歩いている。この桜の季節になると、ばっとね、「自分はここに居るよぉ！」って存在をそれぞれの桜が現すように、ピンクにファッーと、そこのところだけが色付いていて、「あっ、あの家にも、桜があったか」とか、「こんな街路樹の中にも、桜があったンだ」なんていうことを、思わしてくれますねぇ。

今はもう、ソメイヨシノが終わりまして、それでもまだ、こんなに沢山の種類があるンだということも、教えてくれるように、それぞれ早く咲いたり、遅く咲いたり、ウチの近所の桜には、「サトザクラ」というネームプレートが付いていました。

これは、人間の交配の品種改良でもって、ある日突然変異で、八重と一重の花が一本の木に咲くようになってしまったと言うので、サトザクラという名前を付けて、それが今ね、もの凄くピンク色で綺麗に女子高校の玄関のところに咲いてました。最初は、何だか分からない木だったンですけれども、この季節になるとそうやってあらためて見て、「サトザクラという名前があるのか」というふうに思ったりします。

何時も歩いてる新井薬師のところには、「プリンセス雅」なんていって、雅子様が嫁いだときに品種改良をして拵えたそんな桜の木があったりして、「ああ、なるほど、いろんな名前があるンだな」と、思います。

今、本当に、花見客は外国の方が多いですね。花見をしている日本人よりも、本当に外国の人が多いンですけども、やっぱりね、正しい花見の仕方っていうのを日本人がしっかりとレクチャーしないと……。

この間もねえ、ある外国の、アジア系の人がね、満開に咲いている桜の枝を、ガッシャンガッシャン振って、それで写真を撮っているンですよ。花が散るところを、どうやら写真に撮りたいみたいなんですけども、「そういうこと、しちゃいけないよ」というようなこともね、教える人も居ないし、それをして、「こらぁっ！」って怒られることも無いンで、まあ、そうやって好き勝手にやっているのを見るとね、「ちょっと、どうなのかな？」と思いますよ。

「桜折る馬鹿、梅折らぬ馬鹿」なんて言って、子供の頃から何となくそういう言葉を聞いてると、「桜を折っちゃいけないなぁ」とか、そんなことを思って、まあ、見ているわけですが……。外国の人はねぇ、そんなことは、お構い無しですよ。自分が滞在してる三日間に満開も見て、散り際も見たいということで、自分でもって演出をして帰っていったりなんかする。まあ、それはそれで、「仕方が無いのかなぁ」なんていうふうに思います。

あのアジアの大国のおかげで（笑）、今、学生服が値上がりしてるって知ってます？今日の新聞に載ってましたね。そんなところまで影響が及ぼされるンだと思ったンです。これは、「爆買」ではなくって「爆食」っていう……、今、豊かになっていて、中国の人は今、もの凄く羊の肉を食べるンだそうです。羊の肉を食べる食べ方として、羊の肉を薄切りしたやつを、まあ、「しゃぶしゃぶ」みたいな要領ですよね。火の鍋と書いて、これが今、もの凄く中国で流行っているンですって。

ですから、もの凄い量の羊の肉を中国の方が食べるので、ニュージーランドとオーストラリアは、今まで羊の毛を刈って生計を立てていたンですが、肉を売ったほうが手っ取り早く儲かりますから、結局、肉を売るようになった。で、毛を刈る羊が居なくなってしまって、羊毛が高くなって学生服自体が値上がりをしているンだ——なんてね。食物連鎖ではないですけど、いろんなところで、あらぬところから、変なところに影響が出てきたり、いろんなものが影響されるンだなぁというのが、あらためてそんなところで感じてね。面白いもんだなぁと思いました。

桜と同じようにこの季節になると、びっくりするくらい急に出てくるのが、タンポポでして、道の至る所に黄色い花が咲いていて、それまでの二ヶ月ぐらい前までは、「タンポポなんか、どこにあるンだろう？」「どこに生えてるンだろう？」と思って、全く姿かたちを消している。桜の木とは違ってね、樹形がそのまま残っているわけではございませんから、普通の土に戻っているところに、びっくりするくらいに黄色いタンポポが咲き乱れていたりする。

ウチはウサギを飼っておりますンで、ウサギは固形の餌よりも、葉っぱを食べさせると、いろんな栄養素が採れるンです。「より健康になりますよ」って獣医さんに教えていただき、タンポポは凄く喜びますンで、で、タンポポの葉っぱを持って帰ろうとするンですけども、……明らかにですよ。まあ、尾籠な話でございますけども、道の近くに生えているタンポポは、酔っ払いがとてもオシッコをしやすいような状況のところに生えていることが多いンですね（笑）。それを、こう、わたしも朝、散歩をしながら、「ここは大丈夫かな」って思うと、自分が酔ったときにここでするかな？　っていうことを（笑）、シュミレーションするンですよ（爆笑）。そうすると、「いや、ここはそこにコンビニエンスストアがあるから、店の灯りでここでは出来ないだろうな」だとか、「あそこはお家があるンで、あそこの玄関が開いたときに、ここでしていたらまずいから、ここでは出来ないだろうな」というような、シュミレーションしながらタンポポの葉っぱをいただいているンですけど……(笑)。この間、タンポポの葉っぱを道で採っているときに、

「あっ、たい平さん!」(笑)

って声をかけられてしまって、

「あっ、……おはようございます」

「その葉っぱ、どうするンです?」

「食べるンです」

って言ってしまって(笑)、「ウサギが」と言おうとしたンですけど、突然だったので……(笑)。「意外と大変な生活なんだな」って(爆笑・拍手)、多分思ったと思うンですよね。

落語家さんって、普段は派手なことをしているけど、実は貧乏なんだって(笑)、きっと思ったンじゃないかなぁ〜。

絶対に内緒の男

二〇一六年六月十二日　横浜　にぎわい座
「林家たい平独演会　天下たい平Vol.75」より「演目当てクイズ10」のまくら
新司会者と24時間テレビのマラソンランナーが発表された
5月22日の「笑点」五十周年生放送から、初の定期独演会にて収録。

お運び様で、ありがたく御礼申し上げます。

私が喋ろうとしていたマラソンの噺を全部、弟子のあずみが最初に話してしまって（笑・拍手）、わたしはなにを話していいのか？　もう、分からない感じです。

二十四時間マラソン、まさか自分が走るなんてことは、夢にも思っておりませんでした。五月の四日ですね、え〜、「笑点展」というのを催《や》っておりましてね。日本橋高島屋で、『笑点』五十年で連日大変なにぎわいでございまして。もう、入れ切れないぐらい。中が観られないぐらいに、大盛況をいただいて、で、二回ほど私、日本橋の高島屋に行きまして、特設ステージでお喋りをさせていただきました。

その日も小っちゃい子供から、お爺ちゃん、お婆ちゃんたちまで来て頂きまして、本当に『笑点』は愛されているんだなぁというのを、実感いたしましてね。

で、控え室に戻ってまいりまして、スタッフの皆さんと一緒に、

「じゃあ、お昼を食べに行こうか？」

って言ったら、一人の偉い方が、

「ちょっと、あの、お話があるンですけど」

っていうふうに言うわけです……、『笑点』でだいたい「ちょっと、お話があるンですけど」って言われると、あまりいい思い出がないンです（笑）。え〜、何度かありました。

「また、そういう話かな」と思いながら、別室へ連れて行かれまして……、広い部屋でした。もの凄く豪華なお部屋に二人っきりになりまして……、とても広い部屋のコーナーに追い詰められまして（笑）、立派なソファーに座らされて、

「マラソン、走らないですか？」（笑）

「えっ？　マラソン……、な、何のマラソンですか？」

「二十四時間マラソン、走りませんか？」

って言われて、もう、そこで決めなければ帰してもらえない様な空気の中で（笑）。

いろいろ考えましたよ。ぼく、いろいろ悪口とか言われるの大嫌いな人間ですからね。

いま、もう、ネットの中で、何やっても悪口言う人、いっぱい居るでしょ？　仕方が無いとは思いながらもね、全員が全員好きなんてことはありえないことも、わかっていますけども、そういうの見たときに意外と心が傷つきやすいンです。「頑張れ」っていう人も居るだろうけど、「何でたい平が？」とか（笑）、そういうこともいう人も居るンだろうな、それも、何か嫌だなぁと思いましたし、……ウチは大学生と高校生と中学生の子供が居るので、子供たちも、そうやってお父さんが目立つことはどうなのかなぁってことも考えますし……。

どうしようかなって思って、本当に時間で言うと、多分、5分ぐらいで結論を出したと思うンですが、まあ、長い時間に感じられましたけどもねぇ。でも、その考えている間に、『笑点』五十周年の展覧会に来て頂いたお客様の顔がワァーっと浮かんで、歌丸師匠の大きな人形の前で、皆で写真を撮っている姿が浮かんで、で、今ここに居るのは、まぁ、歌丸師匠のおかげだなぁということが、頭の中に浮かんで、まぁ、何を言われていいじゃないか、何か自分が走ることで伝えられることがあるかなぁ〜というふうに、シフトをチェンジいたしまして、「お受けします」という話をさせていただいたンですね。五月の四日でした。

で、約三週間ぐらい、「絶対に内緒にしておいてください」というふうに言われたンですね。発表の日『笑点』の生放送で、

「さあ、『笑点』メンバーから、マラソンランナーが出ます！　誰でしょうか？」

って、皆、「あいつだな」って（笑）、わかってましたでしょ（爆笑・拍手）？　他のおじさんたちは、変な顔したり、何かおちゃらけてましたけど（笑）、一人だけ……どうしていいか？　分からないですよ（爆笑・拍手）。おちゃらけてたら、また、何か言われるでしょ？　だから、どういう顔でそこに居たらいいか、分からないから、もの凄く神妙な顔で居たら、「バレバレ」とか、いっぱい書かれてましたけど……（笑）。あの日まで、「絶対に内緒にしておいてください」ということで、本当に子供にも、ウチの家族誰にも内緒、ぼくとマネージャーはスケジュールがいろいろありますから、マネージャーとぼくだけしか知らないというような状況でした。

それが三週間の内緒ごとだった。その一ヶ月前に、新宿末廣亭にきた『笑点』のプロデューサーが、「ちょっと話があるンだけど」って言われまして（笑）、近くの喫茶店に呼ばれまして、「なんだろうなぁ」と思ったら、

「新しいメンバーは、林家三平くんになります。……絶対に内緒にしておいてください」

(笑)

そして、その一カ月前……、更にさかのぼること一カ月前、『笑点』の司会が決まりました。

「春風亭昇太さんに司会をやっていただくことになりましたが、……絶対に内緒にしておいてください」(笑)

更にその一月前、歌丸師匠がぼくたちを集めまして、『笑点』の収録の当日に、歌丸師匠の口から、

「五十年を期に勇退することを決めたから、……それまで、……絶対に内緒にしておいてください」(爆笑・拍手)

もう、世界で一番「絶対内緒」を持った男だと思いましたよ(爆笑・拍手)。多分ね、日本テレビの社長と、ぼくぐらいしか知らないぐらいの、かなりヘビーな情報を持たされるというのは、凄く怖かったですね。

で、お酒飲むでしょ? お酒飲んで、「何か喋ってるンじゃないかなぁ」って思うンです(笑)。次の日、何か喋ってないだろうか? と思って、ずぅーっと考えるンですけども、途中、常に空白の時間があるンです(笑)。で、何かあったらいけないからマネージャーが一緒に居てくれるンですけど、

「何か、喋った?」

って言うと、

「わたしも酔っていましたので……」(爆笑・拍手)

「それじゃ駄目じゃん」って思いながら、大変な日々を送っておりました。もー、大変でした。

走ると決まったら、身体検査、……わたしの場合は身体検査って言っても、どこからお金を献金されているとか、そういう身体検査ではなくて(笑)、具体的な身体検査でしてね。「果たして走れるンだろうか?」っていうところで、人間ドックのようなところに行きまして、すべてを調べていただくときにも、あのう、坂本先生というねえ、もう、ずっと二十四時間テレビで走ってくださっている方がいるでしょう? あの坂本先生が今もずうっと、付きっ切りで、ぼく、練習させていただいているンですけど。

坂本先生が、ぼくの検査の病院に居るわけですよ。で、あきらかに看護婦さんは、二十四時間マラソンのおじさんと、たい平が一緒に居ること自体、何だかあやしいわけですよね(笑)。まあ、勘がいい人は、「あれ?」って思うンでしょうけど、何だか分からないように……しなくちゃいけないって言う……何だか分からない状況(笑)。

いやぁ、本当に良かったです。もう、すべてがオープンになったので、「本当に良かったなぁ」と思った。

わたしは毎日マラソンの練習をしていますので、あと一ヶ月ぐらいすると、多分黒さでは、ぼくの方が円楽師匠より、日焼けの度合いでは勝るンじゃないかな。そんなふうに思うンですねぇ。

もう、三十五年ぶりぐらいに、運動をやってみました。これはなかなか最初はきつかったンですけどね。十日ぐらい経ちますと、一日身体をどういう形かで動かさないと、何か気持ちが悪い感じになってるンですね。

この間、ワンサイズ下のトレーニングウエアを着て、トレーニングしたンです。着ているときにはあんまり気がつかなかったンですけど、街の中を走っているとき、ショーウインドウに自分の身体が映った瞬間、もの凄くおぞましい身体だった（笑）。ピッタリで、下は腹が出てますし、「うわぁ、いつの間に、こんな身体になっちゃったンだろう」っと思いながら、恥ずかしい、嫌だなと思って、早くに痩せようという、逆に荒療治と言うかね、それもいいやって思って、毎日今度は逆に、鏡の前にトレーニングウエアを着て立ったりして……（笑）。

いろんなことがわかってきますよ、走りますとね。今、鼻声なんですけど、走って、そのあと、柔軟とかするときTシャツがに冷たい感じになっていたのか、分からないですけどもね。久しぶりに風邪ひいちゃって、でもね風邪をひいてるとかってのも、走っていると分かるンですよね。

普段ぐうたらな生活をしていると、「今日は何か二日酔いかな？」ぐらいなんですけど、凄く如実に、自分の身体の体調というものが分かるようになって、ええ、まあ、ちょっと楽しいです。

で、あずみちゃんには何も言ってないですけど、見ているとね、完全にテレビに映る気満々なんです（笑）。ぼくの横で、映る気満々、なんか「師匠を支える弟子」みたいな雰囲気で（爆笑・拍手）。なので、24時間テレビ当日も、どこを走るか教えないようにしようと思ってるンです（笑）。

まだ、何キロ走るのかも分からないですね。それと、どこから走るのかも分からないので、まあ乞うご期待と申しますか、まあ、五十一歳の男がどこまで頑張れるかというのが、自分でも楽しみでありますし、またこうやって、いつも「にぎわい座」に詰めかけていただいている皆さんも、まあ、自分のことのように、我がことのように楽しんでいただければなぁ――そんなふうに思います。

　二十四時間マラソンが決まって、一番怖かったのは、家族のＬＩＮＥでした。生放送で知った家族はどういう反応を示すかな？　さっき言ったみたいに「勝手に決めて！」とか、「大切なことを、何で家族に相談しないの？」とか、「一人で勝手に生きれば？」とか(笑)、いや絶対にそういうのがわぁっーっと、まあ、家族ＬＩＮＥ、かみさんからも、そういうのが来るンじゃないかなっと思って(笑)、……だから生放送が終わってから、師匠こん平のところに行くまで、そんなことばかり考えて。

「そんなに心配だったら、ＬＩＮＥを見たらどうですか？」

　って、スタッフの人に言われたんですが、見て、残念な言葉が沢山あったら、気持ちが萎えちゃうので、

「いやぁー、見たくないです」

「でも、いつか見るンだから、皆と居るときのほうがいいですよ。一人で見るより、皆と居たほうが気晴らしになるから、どうぞ、見てください」(笑)

　って、言われて見たら、娘は「頑張って」とか、「わたしも痩せるために一緒に走ろうかしら」とか、他の子供たちも皆「頑張れ、頑張れ」と書いてくれてたので、それは本当に一安心したし、嬉しかった。

なかなか人に言えないこと、内緒にしていることっていうのが、心の中にあると、すごく辛いンだなぁということがよく分かりました。

精悍になったわたし

二〇一六年八月十四日　横浜　にぎわい座
「林家たい平独演会　天下たい平Vol.76」より『寝床』のまくら

お暑い中、たくさんの来場を賜りまして、ありがたく御礼を申し上げます。ゆっくりとお楽しみいただければと思っておりますが、いつもは弟子のあずみが開口一番を務めるンですが、最近何か自己顕示欲というものが出てまいりまして（笑）、「わたしも、そろそろ、違う出番にあがった方が、いいンじゃないの」みたいな、そんな顔を楽屋でしておりますので、今日はわたくしが開口一番、前座を務めて、休憩のあと、あずみさんに出ていただこうかなぁ（爆笑・拍手）、そんなふうに思っております。まあ、あずみファンのみなさんは、もう少しご辛抱いただきますようお願いいたします。

二ヶ月前に比べて、精悍《せいかん》になったわたくしでございますが（笑）、何かみなさん、声のかけ方というのがよく分からないみたいで、わたしが二十四時間マラソンを走るって分かっている方に限って、

「頑張ってね。完走目指してよ。……病気（笑）？　痩せたんじゃないの？」（笑）って言うンですけど、マラソンの為に痩せているというのが、なんかそのあたりが分かっていないみたいでね（笑）。まあ、でも、一所懸命目標に向かって走ろうという気持ちがあるので、……多分、自分一人でダイエットをやっていたら、途中で、「今日は、まあ、いいやぁ」なんていうふうに思ったり、美味しいものを目の前にしたら、「今日ぐらいは食べてしまおう」なんていうふうに、思うンですけれどねえ。

みなさんのいろんな思いを背負いはじめますというと、自分だけのことではなくなってまいりまして、かなり自制というのが効きました。目標数値である「十キロ痩せよう」というのは、ほぼ目標達成しそうでございます（拍手）。ありがとうございます。

ただ、お腹がだいぶなくなってしまいましたので、前座・二つ目のときにお腹に、あの、腹巻をしまして、そこに手拭《てぬぐい》を何枚か入れていて、帯が上がって来ないようにしていたンですが、今はまったくその状況でございまして、普通に着物を着ると、帯が上がって来て、何か……バカボンみたいになってしまうンで（爆笑・拍手）、今日も久しぶりに腹巻をしまして、手拭を入れまして、お腹を少し膨らませないと、着物が似合わないようになって来ておりましてねえ。まあ、それはそれでちょっと嬉しいかな、十五年ぐらい前の自分に会えた様な気がしまして。

ベルトもそうなんですね。ベルトを締めようと、ちょうどいいところを捜しても、穴が無くなっておりまして（笑）。本当に何か、何だろうなぁ、ただご飯を食べないで痩せるンじゃなくて、そのもう一方で、身体を動かすということが、上手く行われおりますのでね。このまま続けたいなぁと思いますよ。


ただ何かね、変な習慣がありまして、昨日も、昇太師匠と一緒に二人で飲んでいたンですけれども、昇太兄《あに》さんはビールで、で、ぼくは、今、ちょうど「酒断《さけだ》ち」をしておりますンで、禁酒でウーロン茶を頼んで、「じゃあ、頑張れよ」って昇太兄さんに声をかけられて、「乾杯！」って、昇太兄さんがグゥーっと生ビールを飲んでいるのを見ながら、ウーロン茶を半分以上飲んでしまうっていうねぇ（笑）、ウーロン茶はゴクゴク飲むものじゃないンですけど（笑）、何か、こう、習慣なんですね。

最近はね、ノンアルコールビール、ノンアルビールというのがもの凄く美味しくなりましたので、まあ、今、酒断ちをしてもそれほど負担ではないですね。むしろ、いろんなメーカーのノンアルコールビールを飲んで、「ああ、これが一番美味しいわ」っていうのを今、見つけまして、そればかり飲んでいるンです。あれも、何か、自分でよく分からないのは、ノンアルコールビールを、八本も十本も飲んでいる（笑）。あれは、そういうものじゃないンでしょ？　だって、八本も十本も飲むということは、酔いたいからアルコールが入っているビールを飲む訳ですよね。で、アルコールが入っていないビールを、八本も十本も飲んでどうするンだ？　って感じがするンですが（笑）。まあ、何か手持ち無沙汰というンでしょうかねぇ？　そういうこともあるので、今はノンアルコールビール、それもカロリーを一所懸命見て、スーパーとかコンビニエンスストアーで、いろんなものを買う時に、すべてカロリーを見てます。

一番痩せた原因は、コンビニエンス・ストアのおかげですね（笑）。ウチでご飯を食べると、どのくらいのカロリーかまったく分からないですよ。まあ、そういう中で、まあ、セブンイレブンだったり、ローソンだったり、ファミリーマートだったりすると、お惣菜でも何でも、全部カロリーが出てますでしょ？　そのカロリーを自分でこうやって、確かめて食べると、凄くこれは健康にもいいし、ダイエットにもなる。

今、一番ぼくの大好きなメニューは、こういうビニールに入っているミックス野菜ってのがあるンですね。これだと、大体百十九円ぐらいですから（笑）。で、これに、更にドレッシング、最近ねえ、ドレッシングもあまり味が濃いものが、ダメになって来たンですね。それは、体質が変ってきたのか、前はしょっぱいものが大好きだったンですけど、最近ちょっとしょっぱくても、「あれ?」って思うぐらいに、味覚が変ってきているので、あまりドレッシングをかけなくても済む方法を考えまして、その百十九円のミックス野菜を買って来て、袋ですからね、袋でザァーってお皿に入れて、で、今度はね、ごぼうサラダってのが売ってるンですよ。これは少しマヨネーズが塗《まぶ》してあるので、このごぼうサラダを野菜の上にかけて、これを絡《から》めて食べると、もう、繊維も十分に摂れるし、もう、オナラも出るし（笑）。もの凄く身体にイイし、塩分も摂りすぎない。

もう、野菜食べてると、不思議なことに野菜って飲み込めないンですよね、だから、噛まないといけないです。噛んで飲み込まないといけないンで、もの凄く噛みまくる訳ですよ。もう、噛んでいる間に、噛んでいるのが嫌になってくるンです（笑）。そうすると、「もう、野菜だけで、いいやぁ」って感じになるので、「身体に凄くいいんです」っていう話を日本テレビの二十四時間マラソンの担当の人に話したら、「マラソン終わったら、『コンビニでダイエット』っていう本を出しましょう」って（爆笑・拍手）。

今、そんな計画が、持ち上がっております。みなさんも、乞うご期待ということでございます。

先日、石巻の川開きに行ってまいりまして。わたしは、「座布団十枚クン」という自分でゆるキャラを作りまして、座布団十枚の上に自分が座ったような形のゆるキャラをで、自分ですべて手作りしまして、で、ズボっと座布団十枚を重ねて、下から履く様な形にして（笑）、で、上にぼくが座っている形で、パレードさせていただいたンですね。凄く楽しかった。で、終わってから、「たい平を応援する会」というのが、石巻にありまして、その皆さんたちといつも行く飲み屋さんにいきまして、まあ、カラオケを歌って大いに盛り上りました。

メチャクチャ盛り上ったところで、「そろそろ、お開きだなぁ」って言ったら、その会長さんが、

「たい平くん、外に出てもらっていい？」

って言うんですよ。

「何ですか？」

って言ったら、

「ちょっと、外に出てもらいたいンだけど、仕度があるンで」

喜ばせたいンだって言うンで、「じゃあ、分かりました」って言ってぼくは、そのスナックの外に出て、ずぅーっと待ってました。

暫くしたら、スナックの中から『サライ』が聴こえてきた（笑）。二十人ぐらいそのスナックに集まっていますンで、その全員そろって『サライ』を合唱しはじめて（笑）、「そろそろ、どうぞ」ってドアを開けられて、何が「どうぞ」なのかよく分からないンですけども、『サライ』が流れているスナックの中に、わたしが走って入っていくという（笑）。スナックのトイレットペーパーのゴールが向こうに用意されていて（爆笑）、それを切るという……う〜ん、もう本当にやめて欲しいなぁと思うンです（爆笑）。武道館で、それを一度だけ味わいたいのに、何で、スナックで『サライ』聴きながら、トイレットペーパーのゴールテープをきらなくちゃいけないンだと思ったりするンですけど（笑）、ねえ。

まあ、東京で友だちと歌うカラオケよりは、皆さん気を遣ってくれて、ぼくが歌うと。みんな本当に手を叩いてくれてね。そういうカラオケはいいですけど、やっぱり、こう、何ですかねえ。今のカラオケの傾向と対策と言うのは、普通に歌が上手いだけでは、全く受け入れられないですね。普通に歌が上手い人が歌っているあいだは、みんな次の選曲をしている時間ですよ（笑）。みんなが、「おっ！」って気になるのは、もの凄く下手な奴が歌っているときですよ（笑）。こういう人が歌うと、一気にその場をさらっていくンですね。だから、ぼくなんか逆に中途半端に歌が上手いと言うか、歌えちゃうので、そういう奴が腹立たしいンですね（笑）。……何かねえ、何だろう、努力もしないで（笑）、その場をさらっていく、そういう人がまったく許せない（笑）。小さい男でございます（笑）。

マラソンたい平記

二〇一六年十月九日　横浜　にぎわい座
「林家たい平独演会　天下たい平Vol.77」より
（24時間テレビのマラソンで着用したオレンジ色のTシャツ姿で登場）

え〜、あらためてどうもありがとうございます（拍手）。ちょっと今日は、バラエティーの様な天下たい平になっておりますけれど、まぁ、これはこれで、今日来た皆さんしか味わえない一体感だと思って、ご勘弁をいただければと思うンですが。

もう、あのマラソンから、未だ戻らない部分がございまして、上手く喋れないンですね（笑）。筋肉のほうに血液が全部行っておりまして（笑）、脳味噌のほうが少し疎かになってまして、本当に何か上手く喋れないンです。いま少しずづ喋るリハリビをさせていただいております、ハイ（笑）。まぁ、折角ですので、にぎわい座の皆さんに「マラソンたい平記」と題しまして、一席お付き合いいただいて休憩とさせていただこうと思っています。

100・5キロ……、これはこちらの館長・椎名巌《しいないわお》お爺さんの（笑）、イ・ワ・オという本名から生まれた数字でした。

何キロ走るのか、全く分からないまま練習もはじめました。いろんなところで練習しました。『夢の島公園』であったり、大井競馬場のすぐ近くに大田区の総合運動場というのがございまして、そこでもよく練習をしました。それから、『和田掘公園』という杉並の善福寺川に面しているところでも、練習しました。そこはね、何が楽しいかって言いますとね、大体一週3・5キロぐらいなんですね。一周3・5キロを五週走るンですけども、途中に茶店があって、……公園で運営している茶店があって、ここはおでんもあるし、生ビールもあるンです(笑)。そこに、近所のもう、仕事をリタイヤなさった皆さんが、大体五、六人いつも、同じ常連の方が集まっていらっしゃるンです。

最初の『和田掘公園』の練習のときに、一人のオジサンが練習中のぼくを見つけてくれて、

「あれっ!? あれ? あれ(笑)、テレビ出てる人じゃねえの?」

って言って、ぼくが大体一週20分ぐらいで戻って来るンですね。で、二周目に、

「やっぱりそうだよ。ゴルゴ松本?」(爆笑・拍手)

本当ですよ。本当に言ったンですよ(笑)。で、ちょっとずっこけながらね、

「違います。林家たい平です」

「ああ、そうだ、そうだ! テレビ観たよ」

って言ってくれたのが、二周目でした。で、三周目。大体その間隔が、20分間隔でそのオジサンたちの前を通過するンですね。もう、三周目ですから、三杯目です、オジサンたちの生ビールも（笑）。

「あぁ、また来たぁ」（笑）

また来ますよ、ぐるぐる回ってるンだから（笑）。

「あぁ、また来たぁ、頑張れよ！」

「ああ、頑張ります（手を振る）。ありがとうございます」

四周目。

「がぁんばぁってぇぇぇ～、ウップ」（笑）

「おまえたちが頑張れ」と思いました（爆笑）。

あのね、20分間隔で酔っ払いが段々酔っていく姿っていうのは（笑）、なかなか見る機械が無いのでね、すごくイイ酔っ払いの勉強させてもらったなぁと思いました（笑）。

走りながらね、「どっちが幸せなんだろう」と思いましたね。まぁ、よく言われました。

「何のために走るの？」

ってね、醒《さ》めている人は、

「百キロ走る意味があるの？」

なんていうのがネットの中で、いろいろありましたけれど、まぁ、それはさて置きね。走ることで何か感じるんじゃないか？　それで良いんじゃないかなぁって思って、走ってました。

で、そのオジサンたちのところを通る度にね、

「ああ、なんだか、こういう人生も楽しいだろうなぁ」

って思いました。例えばそういうのね、はたから見ていて、「昼間っから酔っ払って」ってなんて思う人もいるかも知れないけれど、実に幸せじゃないですか？　昼間っから、友達が何時もいて、その公園のところで、ビール飲んで、「アハハ、アハハ」言いながら(笑)……。ああ、これも楽しい人生。まぁ、走っている自分も、たくさんの周りの人たちから縁をもらって、マラソン・チームの坂本先生のトレーナーはじめ、皆さんと出会って一緒に走っている……、これも幸せ。だから、幸せの定義なんて無くて、幸せの形なんてぇ無いンだなぁって思いながら、練習してました。

『夢の島公園』はねぇ、一周が3キロぐらいあるンですね。で、ここもやっぱり五周ぐらいするんですけど、……『夢の島公園』は、もう少し『和田掘公園』より自然に囲まれているンです。それで、最後の五周目の周回で「もう、走れないかなぁ」って思うほど疲

れてしまったんですが、海沿いの草むらから、二メートルぐらいのシマヘビが出て来たンですよ（笑）。二百メートル、ダッシュで逃げましたからね（爆笑・拍手）。ぼ、ぼく、ヘビ大嫌いなんです（笑）。それまで、坂本トレーナーは、

「大丈夫？　四周で諦める？」

「いや、でも本番はもっと長い距離ですから、我慢して走ります」

って言った途端に、二メートルのシマヘビ。

「どわぁぁぁぁぁぁ！」（笑）

電動自転車の坂本先生もぼくに追いつかなかったです（笑）。

「やれば出来るね。本番の途中、ときどきヘビを放そう」（笑）

って、訳の分からない（爆笑・拍手）、奴隷じゃないンですからね。大変でした。

そんな練習をして……。苦しい練習をしているから、本番が安心できるって言うかね、練習で出来たこと以外は本番では出来ないって、よくね、何の世界でも言うじゃないですか？　だから、やっぱり苦しい練習を重ねれば、本番はどんなことがあっても大丈夫だと思って、……かなり苦しかったです。本当に苦しい時に、坂本先生はというと、声をかけながら横を走って下さるんですが、自転車なんです。それも、電動自転車なんです（笑）。だから、もの凄く楽勝なんです（笑）。で、ぼくだけ五周とか走ってますから、

くったくたなのに、何を話しかけてくると思います？

「秩父に行くのには、どうやって行ったらいいかな？」

「調べて下さい！　自分で調べて、ハア、ハア、ハア」（笑）

「あっそう、……レッドアローは？」

「レッドアローは、調べて下さい（笑）。検索すれば出て来ますから。ハア、ハア、ハア」

「ああ、そう。……どこで、何を食べればイイ？」

「そんなの分かりません（笑）。全部出てますから、調べて下さい。ハア、ハア、ハア、ハア、

「食べログ」とかで」（笑）

「ああ、そう……」

もう、ずぅーっとこんな感じで、ぼくに話しかけてくる。これは、「優しさなんじゃないかなぁ？」って、思えるようになって来ました（笑）。

苦しさを忘れさせるために、全く違う話をしてくださる……優しさというのを感じました。でも、走ってないときも、

「秩父はどうやって行ったらいいの？」（爆笑・拍手）

って。優しさじゃないことに、気がつきました（笑）。

まぁ、一杯走りましたね。最長は、坂本トレーナーの会社がある大磯で。大磯の吉田邸があるところから、海沿いを最初に走って、今度は『城山公園』って後ろに山があって、元は、多分城があったンでしょうね。その、『城山公園』ってところで、最長三十五キロ、走りました。で、二回、ヘビが出ました（笑）。

人生の中で、ぼくが最長に走ったのは、中学三年のときの八キロなんですよ。耐寒競争ってのがあって、秩父のアップダウンのコースなんです。中学一年のときは、十八位。全校で走るンです。で、中学二年のときは七位。で、中学三年になったら、ぼくの前三人が陸上部で、ぼくはバレー部だったンですけど、四位だったンですよ。で、「ぼくは長距離に向いている身体なんだ」って、そのときにはじめて気がつきました。

徒競走とか不得意で、ぼくは小学生の運動会が大嫌いでした。絶対にビリだって分かってるンで、ワザと途中で転んだりしてたンです（笑）。笑いをとって、それで、「おれは笑いの一等賞」みたいな（笑）、そんな子供だったンで、もう、運動会大嫌いで、中学生のときは少し要領を覚えちゃって、児童会長になれば、テントの下で、

「頑張って下さい」

なんて言ってるだけでしょ（笑）、だから頑張って児童会長になってました。それで、

徒競走は出なくて済んだンですね。

中学のときは、意外とモテてたので、……ね、そういうのあるでしょ？　モテてる彼が、もの凄くビリだったりすると（笑）、凄くショックでしょ？　あの当時って、やっぱりスポーツが出来る人が一番じゃないですか？　それが、

「ええっ！　田鹿先輩、ガッカリぃ」

って思われてしまうンで、児童会長席にいました（笑）。その中学三年で耐寒競争で八キロ、陸上部の次にぼくだったので、

「わっ、これは、こういう身体をぼくは持っているンだ」

って思ってね。でも、それ以来、全く走らずに来た。

で、三十五キロ……。全く未知の世界ですよ。そこを走りきってね、凄い達成感で、一ヶ月半くらい練習しての三十五キロへの挑戦だったンです。

「うわぁっ、やった！　これは一ヶ月半の凄い苦しい練習があったから、三十五キロを走れたンだぁー！」

って、思いました。

「お疲れ様でした」

って、皆と握手をしてたら、日本テレビの入社二年目の女の子が、

「今日、初めて走ったンですけど……走れましたぁ」

って言う（爆笑・拍手）。その娘は一ヵ月半何にも練習もしないし、一切運動部でもなく、何の練習もしないで、その日参加して三十五キロ、走れたンです。

「ふざけんな！　もし、そうだとしても、おれの前で言うなぁ！」

坂本トレーナーに向かって叫びましたよ。

「おれの一ヵ月半、返してくれぇ！」（笑）

だって、何にも練習しない奴が走れている訳ですからね。まぁでも、それは次の日、もう、笑いました。全く歩けない状態で、その娘が、

「師匠、ぜ、全然歩けないンですぅ……」（笑）

「（足取り軽く）ああ、そう、おれは全然大丈夫だけどね」（爆笑・拍手）

もの凄く勝った感じがして（笑）、「よっしゃぁー」ってガッツポーズですよ（笑）。

そんな練習を終えて、最後の一ヶ月、ちょうど、ここの八月のにぎわい座でしたね。

「あと二キロぐらい体重を落したい」って思ってるんですけど、なかなか痩せられないンですね。「何でだ？」と思ったら、カロリーが少ないから大丈夫だと思って、毎日ハイボールとチューハイを十杯以上飲んでたンですね（爆笑）。これは嘘でも何でもない。他のものが食べられないンで、手持ち無沙汰なんですよ。

「皆、食べて、食べて」

って、若者に食べさせて、自分は食べないでいると暇なので、ジャンジャン飲んじゃうンですよ（笑）。あとは三キロ一周とか、六・五キロのペースで走りましょうっていう、ピッチ走法が身についちゃっているンで、ハイボールを一杯3分でのピッチ走法……（爆笑・拍手）。ペースの早いピッチ走法で呑んでいるので、十杯ぐらい飲んじゃう。だから、痩せられなかった。

で、一ヶ月前から禁酒をして、ね？　この間、居酒屋に行った人はお分かりだと思いますけど、一切飲まずにね、それで十キロ減量しました。

それでも、歌丸師匠は、

「太ってるねぇ」（笑）

って。歌丸師匠と比べちゃダメですよ。体重が三十六キロのお爺さんと比べちゃダメでしょう？（笑）。

「太ってるねぇ」

って言われて、

「頑張ったのにぃー」

って、少しオネエが入っちゃいました。

そんなことで本番を向かえました。前の日にね、

「どの辺りを走るか？　訊きたいですか？」

って言われました、偉い人に。……いやぁ、どうしようかなぁ？　子供が生まれるときも、大体男の子か女の子か、分かるじゃないですか？　で、ぼくは訊きませんでした。だって、生まれてくるだけで、先ず「ありがとう」だし、そのあとに股のところ見るの楽しいじゃないですか（笑）？　あれは、やっぱり、子供が生まれてくる醍醐味でしょ？　覗き込んで、おチンチンが付いているか、付いていないか（笑）。それで、また、うわぁーって、

「女の子だ！」

「男の子だぁ！」

って、そこで、またね、ダブルの喜びがあるじゃないですか？　だから、そっちのほうが楽しいなぁっと思ったので、

「教えていただかなくて、結構です」

っていうふうに言ったンです。どこかに連れてってもらって、そこで急にリリースされて、どこを走っているのか、分からない中で、その景色と周りを楽しもう。そっちのほうが絶対に楽しいと思ったンで、

「教えていただくなくて、結構です」

って、断りました。で、当日、朝の十時。「お迎え」が来まして、……車に乗せていただいて、……その前の日が、岡山だったンですね。円楽師匠と岡山の仕事で、最終の新幹線で帰ってきたので、十二時半ぐらいにウチに着いて、それから支度をして、お守りとか……。あのねぇ、お守りも凄く沢山頂いたンです。百個近くお守りを頂きました（笑）。でね、日本中にこんなに足腰の神社があるって言うか、足腰のお守りを売っている所があるンだってのも、初めて知りました。で、ぼくだけの為にお守りを買いに行ってくれる人はいいンですけど、中には、息子のついでとか（笑）、娘のついでに行っちゃった方がいたみたいです。

で、お守り買うと、白い袋に入れてもらえるでしょ？　あの白い袋に入れてもらって、ぼくに渡す前に調べればいいンですけど、調べないまま、ぼくに渡したものですから、百個近い中から二つだけ、「学業成就」ってのが出てきました（爆笑・拍手）。勉強しなきゃいけないンだなぁと思いました（笑）。

そんなお守りも、千羽鶴も、……千羽鶴もね、三人ぐらいからもらって、嬉しかったですね。千羽鶴、

「無事、完走出来ますように作りました」

「ありがとうございます」

「すいません。百羽しかないンですけど、千羽鶴を……」

「ああ、百羽しかなくても、千羽鶴ですよね（笑）。ありがとうございます」

って、受け取ってね、車に一緒に乗せてもらいました。三時間しか前の日は寝られなかったので、車の中で少しだけインタビューをして、「今日はいよいよ本番ですけど、どうですか？」って意気込みを訊かれて。

「じゃあ、ゆっくりお休みになってください」

って言って、ぼくが乗ったワゴン車は、カーテンをかけてもらった。寝ようとしたンですけど、明らかに新目白通りを走っているンですよ。で、新目白通りから、関越に乗ったンですよ。カーテンの隙間から、見えた（笑）。

「……関越に乗ったぞ」

ぼくが何時も秩父に帰るときと同じ車のコースなので、

「ええっ！　秩父神社からスタートか？」

秩父では、真《まこと》しやかに、……グーグルマップで調べると、秩父神社から武道館までがほぼ100・5キロなんですって（笑）。だから、秩父の人は、秩父から絶対に走るものだって、信じて止まない訳ですよ。で、ぼくもまさかと思ったのに、関越に乗ったンで、

「うわぁー、これ秩父からなんだ」

と確信して、少し寝ようと思ったら、圏央道っていうひょうきんな道路があって(笑)、そのひょうきんな道路を左に曲がったンです。

「あれっ？　秩父じゃないなぁ」

って思った。で、ずぅーっとどこへ行くンだろうと気になって見ていたら、西東京市から旧青梅街道に行って、

「あれ、旧青梅街道から、あれあれ、多摩の方に行っちゃった。……そうか！　奥多摩通って、秩父に行くンだ」(笑)

そうしたら、「ここで」って降ろされたのが、ある中学校だったンですね。で、その中学校で、

「ここから走ります」

って言われて、もう、そこからは各番組の沢山の生放送、生中継が入って来るンで寝られないんですね。

「少しお休みになってくださぃ」

って言われて、保健室を貸してもらったンですけど、久しぶりに保健室のあの白いカーテンの中で寝ました(笑)。

もの凄く何か、純粋な気持ちになってね（笑）。よく、仮病を使って、算数の時にここで休んでいたなぁとか（笑）、そう言えば、今、赤チンはどうしているのかなぁ？　とかね（笑）。昔、何でも赤チンをつけてましたよね？　赤チンはまだ赤チンでいいンですけど、ヨードチンキってのがあってね（笑）。あの赤チンは赤くなるだけなんですけど、ヨードチンキは七色に、色が……光によって、七色に変化するヨードチンキ（笑）。ヨードチンキとかどこにあるのかな？　って捜したけど、もう、ヨードチンキも赤チンも無くてね。

そんなので寝ていても、直ぐに「生放送、入ります」って言われてしまうと、また、いちいち教室に行って、「これから頑張ります！」って、カメラに手を振る中継があって、ほぼ眠れない。で、本番を迎えました。

スターターが誰だとは、全然知らされないンですよ。全部、本当にサプライズで、出て来たら、ウチの師匠でしょ？　いや、びっくりしました。それも、歩いてこっちへ来ましたからね。……絶対に泣かないで頑張ろうと思ったンです。ネットで、「泣き虫ランナー」とか書き込まれていたので（笑）、泣かないで頑張ろうと思っていたのに、いきなりウチの師匠が出て来ちゃったから、もう、涙が止まらなくて大変でした。それをたまたま観ていた友達が、

「もう、スタート地点から、俺、もう号泣だよ。感動したよ。最初にあれだけ感動しちゃったら、お前、もう走らなくてよかったよ」（笑）

って言われてね（爆笑）。

「えっ、三か月練習して、何で、走らなくてよかったンだよ」

って思いましたね。

雨がザァーッと降ってる中ね、「泣き虫ランナー」の涙を隠してくれる雨だなぁと思いながら走り始めました。中学校を出て、三百メートル……、中学はね、中継車とかあるので、どこからスタートするなんて言わなくても、近所の人は、

「あっ、あそこに日テレの中継車があるよ！」

って目撃情報が拡散して、ツイッターとかで皆調べて、「あそこの中学校に日テレの車があるから、どうやら、あそこがスタートじゃないか？」って調べて、ぼくがスタートした時点で、凄く人が集まっていたンですね。走り始めて、三百メートルのところに、一人のオバサンが居て、

「無理すんなぁー！」

って言うンですよ（笑）。まだ、三百メートルしか走ってないのに（爆笑・拍手）。もの凄く練習を積んだンですよ（笑）。三十五キロも走ったり、練習を積んだのに、三百メー

トルで、

「無理すんなぁー！」

って言ってる。でも、それは「この先の100・5キロを、無理するな」って、ちゃんと分かりました。

「ありがとうございます」

って、手を振りました。

最初の休憩地点が、奥多摩街道のうどん屋さんでした。峠のうどん屋さん、そこが「どうぞ」って言って、休憩場所を貸してくれたンです。その休憩地点も、前の日から決められないンです。そうすると、「ここを走るよ」って情報が出ちゃうと、……人が集まると中止なんです。警察から、「中止！」って言われちゃうと、中止なんです。だから、人が集まらないように、中継地点だとか、休憩地点も、直前にスタッフが車で行って、「貸してください！」ってお願いをするンです。例えばコンビニで、

「『ガリガリ君』十本買うので、貸してください」

とか言って（笑）、交渉して借りているかどうかは、分かりませんけれどね（笑）。多分、そうやって直前に貸してもらっていたンです。

一番最初の休憩場所が、峠のうどん屋さんだったンです。そこのうどん屋さんは、凄く

優しい方でした。雨が降っているから、軒下を借りて、スタッフがカップヌードルを作ってくれた（笑）。……ん？　ここのうどんを買ってあげたほうが、いいじゃないかと思いました（笑）。もの凄く申し訳ない気持ちで、カップヌードルを食べました（笑）。

ずぅーっと走りましてね。前半一番辛かったのは、多摩川だと思うンです、多分。ぼくは、どこを走っているのか、全く分からないンです。前を走ってる先頭の人が、

「右へ曲がって下さい。左へ曲がって下さい」

って、いちいち指示を出して、そこで急に曲がるンです。奥多摩で一度、「左に曲がって下さい」

って言われてね。左に曲がったンです。そしたら、

「左に曲がって下さい」

って言われたンです。また、左に曲がったンです。また、

「左に曲がって下さい」

って言われたンです。左に曲がったンです。

「左に曲がって下さい」（笑）

……ワザとやってないかと思った。

「グルグル回ってるだけで、戻ってないですか？」

って訊いたら（笑）、

「そんなことはありません」

って言ってましたけど、そう出来ちゃうぐらいに、その人の指示通りにずぅーっと走っているンです。

だから、今、どこを走っているのかは分からない。一か所だけどこを走っているのか分かったところはね、山の下り坂をずぅーっと降りて行ったら、一人のオバサンが居て、

「奥多摩を抜けたぞ！　喜べぇ！」

って言ってました（笑）。奥多摩を抜けることが喜びなのか？　よく分からない（笑）。で、ずぅーっと走って、多分、多摩川の河川敷ですよ、土手とかじゃなくて、河川敷の獣道みたいなところ。多分そこは警察からの指示で、「道路は迷惑だから、河川敷を走って下さい」ってことなんでしょう。そこがね、五キロぐらい……もっとあったかな？　延々と河原です。真っ暗闇で、スタッフが懐中電灯で足元を照らしてくれる三十センチ前しか見えない。とにかく、ひたすら、懐中電灯の灯りを頼りに走っていたンです。横走っている人が、時々ね、ぼくを笑わせようとしているンでしょうね、懐中電灯の明かりをヒュッと全然違う方向に向ける（笑）。で、ぼくがそれを追いかける（笑）。

「遊ぶんじゃない」

ってツッコンでね。誰も観てないンでね、それぐらいしか楽しみが無いンですよ。もう一つの楽しみは、本当に休憩場所なんです。休憩地点もね、いろんな休憩地点があるンです。大きな車が二台ぐらい来てくれて、ハッチバックを開いて雨が当たらないようにしてくれて、折りたたみ式のディレクターズ・チェアが置いてあって、皆がマッサージしてくれる。そういう休憩地点もあるンですけど、河川敷は車が通れない。で、ぼくの横を自転車が通り過ぎて行ったなぁと感じました。ようやく頑張って、「あと三キロで休憩地点です」って言われて、頑張って頑張って、やったぁ、休憩出来るって思ったら、その自転車のオジサンが待っててくれて、自転車の後ろの荷台に乗るだけの小っちゃいお盆が置いてあって（笑）、直ぐに食べ終わってしまいました。座るところも無くてね……、全然休憩じゃなかったです（笑）。

最大の休憩地点は、五十分休憩がとれて、唯一、この二十四時間マラソンで仮眠が出来るところです。途中から苦しくなりまして、真っ暗闇の河川敷を走っているときに、どこを走っているのか分からないし、「いつ、この暗闇から抜け出せるンだろう？」って思って、抜け出した途端に、自転車の休憩地点だったですから（笑）、ガッカリしたンです。

「あと五キロで、最大の休憩地点です！」

って、朝の四時ぐらいだったかな……。全く自分の時間感覚が分からないンです。で、とにかく走っているだけなんですよ。

「あと一キロで最大の休憩地点、ちょっと仮眠出来ますからね！」

って声を聞いて、必死で走って、

「左です！　休憩地点です」

って着いたら、立派な建物で休憩させてもらえたンですよ。もの凄く立派な建物で、

……「セレモニーホール」って書いてありました（爆笑・拍手）。

わかりやすく言うと、お葬式をやる場所ですよね。

「こっちです！」

って、どんどんセレモニーホールの中に入っていく。その日は「友引」だったので、お葬式が無いから貸してくれたンです。だけど、次の日のお葬式の準備はしてありました（笑）。で、その真ん中を駆け抜けると、係りの人から

「和室がありますから」

って言われた。セレモニーホールの和室って言ったら、……予想的中でした（笑）。お爺さんを真ん中に寝かせて、一晩家族でお通夜をする場所ですよ。そこに、わたしの布団が敷いてありまして（爆笑・拍手）

「どうぞ仮眠してください」

って言われたンですけど、ここで永眠しちゃったら、とんでもないことになるなぁって思いました（笑）。そのまま直ぐにセレモニーが始まっちゃいますからね。

あまり眠れなかったです、結局。マッサージしてもらって、十五分くらいウトウトとしたぐらいですかね。ちょっと意識がフゥッといったのがね。「ああ、やっぱり眠れなかった」と思いながら、「さあ、走り出しましょう」って言われたけど、もう、自分の力では、一度横になってしまうと、起き上がれないので、マッサージしてくださるトレーナーの方と、坂本先生に、グッと抱えられて立ち上がった。で、「ご飯食べて下さい」って言われて、敷いてあるお布団の上で、黒塗りのお膳が運ばれて（笑）、イワシがあって、お味噌汁があって、あの、「そんなに食べないよ」って思うンですけど、御飯がこんもりよそってある（笑）。あれは、習慣なんでしょうね、セレモニーホールの人は、ツイツイご飯をよそうと、こんもりと盛り上ってよそう（笑）。あれで、お箸が刺さってなかったから良かったンですけど、あれ、お箸が刺さっていたら、完全にそういう人たちの食べ物ですね（笑）。極度の疲労から、食べようと思っても、結局ほぼ喉を通りませんでした。

後半で一番辛かったのは、七十キロ地点ですね。スタートしてから五分もしないうちにね、親子、お母さんとお嬢ちゃんが沿道に出てくれて、

「たい平さん、頑張ってぇ！」

って言ってくれたその声が凄く聞こえたので、

「頑張りまーす！」

って手を振ったら、そのお嬢ちゃんが、

「わぁー！　手を振ってくれたぁ」

お母さんが、

「良かったねぇ、たい平さん、手を振ってくれたね。良かったねぇ！」

って、この声を聞いたので、もう、途中苦しくても、ゴールまで絶対に手を振ろうって思ったンです。

　こんな些細なことだけども、自分が走ることで何か家族や、親子の思い出になればと、一夏の思い出になればいいなと思ったので、もう、何が何でも、笑顔で手を振ろうと。「ありがとう」って声も出そうと思ったンです。

　だけどね、七十キロ地点でね、声が出なくなってきた。手は振ってました。だけど、声が出なくなってきたので、「ああ、もう、ちょっと無理かなぁ」って思ってきた。

　ああ、そうか、これは林家たい平が走っているからダメなんだ。「走れメロス」になろう（笑）。ねっ？　そうしたら走れるでしょ？　林家たい平、生身の人間だから走れないンだ。おれは「走れメロス」だ。急に力が湧いて来た（笑）。「メロス」は目的があるから走れるンです。ぼくも目的を作ろう。時間内に武道館に到達しなかったら、歌丸師匠が死んでしまうという設定で（爆笑・拍手）。……今日は、（歌丸師匠の）曾孫さんが会場に来ているので、なかなか演り辛いンですけどね（笑）。

時間内に武道館に到着しなかったら、歌丸師匠が死んでしまう。歌丸師匠を助けるために、走ろう！　って思って走ったら、そうしたらね、そういう力って凄いですね。歌丸師匠に背中を押されている感じがしました。歌丸師匠に背中を押されるのは、とってもイイですね。今までは、山田隆夫しかぼくの背中を押さなかった（爆笑・拍手）。歌丸師匠に背中を押されて、嬉しかったですね。こんなに背中を押されることが気持ちがいいんだ。そして力が出るンだと思ってね、七十キロ地点から、また必死で走り始めましたけど、八十五キロ地点でね、

「もう、死んじゃってもイイかなぁ」

って思いました。……（爆笑）。

沿道で応援してくれた皆さん、歌丸師匠はじめ、師匠こん平、『笑点』メンバー、それだけじゃありません、テレビの前で応援してくれた皆さん、それからこうやってね、「行けないけれど、心の中で応援してるよ」っていう「にぎわい座」の皆さん、まあ、日本中の本当にたくさんの皆さんの声援を頂いて走りきることが出来ました。

ぼくの友達もね、三時間かかって、何と捜し当てた。どこを走っているか？　分からないから、ツイッターで調べて、「今、ここだよ」って言うつぶやきがあるから、それだけが頼りだったそうです。秩父の高校時代の同級生なんです。今は飯能というところに住んでいて、奥多摩出発だから飯能は近いンですけど、山越えで来てくれて、三時間かけて見つからなかった。で、その友達のコダッチョってぇ奴の奥さんは、コダッチョが高校の先生をしているときの教え子なんです（笑）。

で、この奥さんが可愛いンです。ぼくも何度も会っているンですけど、この奥様が凄く可愛くて、可愛いだけじゃなくて、凄く強い人なんです。三時間かけても、コダッチョはぼくを見つけられないンで、無理だなぁと思ったンでしょう。

「もう、無理だから帰ろう」

って言ったら、

「あなたは友達がいが無い人ね（笑）。友達が一所懸命走っているのに、あなたはお家へ帰って寝られるの？　あなたは帰るンだったら、帰りなさい。わたしは一人でも、たい平さんを捜して応援するから（笑）。……あなたがそんな人だと思わなかった（笑）。そんな人だとは、思わなかったわ！」

……なんて言う会話があったンじゃないかなぁ（爆笑・拍手）。それに近い会話は、どうやらあったらしいンです。

「ダメよ！　友達なんだから、あんた絶対に捜しなさいよ」

って言って、ケツを引っ叩いてくれて、それで捜し出してくれたンです。青梅街道を走っているときに、コダッチョが、「田鹿ぁ！」って呼んだンです。皆は「たい平さん」って呼ぶのに、「田鹿」って呼ぶから、おれのことを知っている奴だなぁと、

「田鹿ぁ、俺だよ、コダッチョだよ！」

って言って、そしてぼくも「ああ！　コダッチョ」ってハイタッチをしようと思ったら、警備員にバァーンと吹き飛ばされて（笑）、コダッチョが、

「田鹿ぁぁぁ」

って叫びながら倒れるのを見ました（爆笑）。ちょっと戻ってもいいのかなって思いながら、ちょっと戻って、

「すいません。ぼくの同級生なんです」

って言ったら、警備員の方が、

「そうだったんですか」

って。それでもまた、コダッチョが起き上がって来て、ハイタッチしました（笑）。

西武線沿線のところに来たら、やっぱり（警備員に）羽交い絞めされている女がいるン

です（笑）。ねっ？　まぁ、中には怪しい人がいる訳でしょう。ぼくは結婚はしてますけど、ぼくのことが大好きで何か怪しい女がいるンだなぁと。警備員に羽交い絞めされて、「師匠ぉぉぉ！」って叫んでいる。近づいて行ったら、（林家）あずみだったです（爆笑・拍手）。本当ですよ、西武新宿線のこっち側の線路沿いを走ってたところで、

「師匠なんですぅ！　わたしの師匠なんです！」

「嘘をつけ、この女」

って言われてました（笑）。で、ぼくも気が付いたンで、

「あ、弟子です。弟子です」

「ああ、そうですか」

って警備員の方が手を放してね。嬉しかったですよ、その公園で五分間の休憩だったンですけど、あずみちゃんがずぅーっと、

「背中をマッサージさせてください」

って言ってね。

「肩を揉ませてください」

って言って、あずみが後ろに回った。……泣いているような息遣いが聞こえたンで、泣いているのかなぁと思ったら、鼻水が出てるだけだった（爆笑）。その後も三時間ぐらい

かけて、武道館の近くで応援してくれました。

いやー、本当に何か、ぼくにとっても忘れられない夏になりました。何度も何度も言うようですけど、意外とこの一席、長く喋ってしまったので（笑）、そろそろこの辺りで休憩もしなければいけないンですけどね。

「マラソンを走りませんか？」

って言われたときに、『笑点』のチーフプロデューサーが、マラソンのチーフプロデューサーでもあるンですね。で、その方から、「マラソンを走ってくれませんか？」って言われたときに、凄く嬉しい言葉って言うのかな……、

「僕が大好きなたい平さんを、僕が大好きなマラソンチームの人と、会わせたいンだ」

いろんな思いがあるけど、もう一つの中では、僕が大好きなたい平さんと、僕が大好きな二十年近く付き合っているこのチーム坂本の皆んなと、会わせたいンだ。絶対に気が合うと言うか、一所懸命の人たちだから、絶対に思いが繋がって一つになれるンで、会わせたいンだっていうふうに言ってくれたンですね。こういうことが、人との縁の中でとっても大切なのかなぁと思いました。

最後の五百メートルは、見えない世界。今まで走った人しか見られない世界が見られます——と言われていました。近代美術館のところ、竹橋から毎日新聞社のところから上

がって来て、……坂道のところを上がって来る。

あのねえ、そのねえ、話が長くなっちゃいますけど（笑）、あとの落語を短くしますから大丈夫です（爆笑）。※1
あのねえ、辛いのはね、荻窪のところに四面道という交差点があるンですよ。荻窪から青梅街道を走って来ると、四面道って交差点があるンです。環七、あれ、環八？　寒ブリだったかな（爆笑・拍手）？　青梅街道と環八が交わる四面道ってのがあって、そこでようやく距離が頭の中に、……あとどのくらい走ればって、……ねっ？　中央線もよく乗ってますから、「ああ、荻窪に来た」っと思って、もう、頭の中のカーナビは、……荻窪からは、頭のカーナビが直線距離で最短ルートを検索してくれる訳です（笑）。ねっ？

「おお、このまま青梅街道を一直線だぁ！」

って思ってると、

「（カーナビの音声案内で）左へ曲がって下さい」（笑）

「ええ？　おい、何だよ（爆笑）！　真っ直ぐだろう!?」

「（カーナビの音声案内で）左へ曲がって下さい」

「左へ曲がるのかぁ？」

って思いながら、その度に、もの凄くくたびれるンですよ（笑）。で、最後ね、飯田

橋、高架下、総武線が走っている下、

「うわぁー、もう、このまま行ったらもう、直ぐじゃん」

っと思ったら、神田のほうへまた再び、

「(カーナビの音声案内で) 左へ曲がって下さい」(笑)

「おいおいおいおい」

って思いながら、で、最後ね。左へ曲がって、神田橋のほうから、竹橋へ来た時に、警備員が綱を持って、十メートルおきに並んでいるンです。群衆整理の為の綱を持って並んでいるンですけど、誰も綱の中には居ないンです(笑)。ぼくは走っていても、頭は冷静だったので、「ああDAIGOさんのときには、ここ、凄い人出があったンだろうなぁ」って思いながら走りました(爆笑)。で、一緒に走っているスタッフに、

「あの、DAIGOさんのときには、ここ、人がいっぱい居たから警備員をつけたンですよね?」

って言ったら、小さな声で、

「……はい」(笑)

そのあと急に寡黙になっちゃってね(笑)。

「そんなこと無いです」

で良いでしょうっ——と思いましたけど（笑）、

「……はい」

の一言だけです（笑）。でも、そのあとで思い直してくれて、

「今日は、たい平さん、雨が最後、急に降って来たので、あの、……さっきまでは、凄く人が居たそうです」

そんな訳ねぇだろ！（爆笑）！　少しは残っているだろ？　誰も居ねえじゃねぇかぁ！　って思いながらも必死に走った（爆笑・拍手）。

曲がって、五百メートルで、もうゴールですよ。本当に嬉しかったですね。もう、全員見えるンですね。知っている人の顔が、たくさんの中からね、クローズアップされるンです。で、

「ありがとう！　ありがとう！」

って言いながらね。

『サライ』がね、……小さく聴こえてくる。生中継車の中から、小さい声で、ぼくの気持ちを昂ぶらせようと思ってね（笑）。

で、走って行ったら、『笑点』のメンバーが迎えに来てくれた。一緒に走って、そしたら凄く大勢の人たちが、武道館の前で雨の中、……本当はＮＥＷＳを観たかったンで

しょ？　皆（笑）。だけど、中に入れない人が、、もうNEWS観られないから、『笑点』のオジサンでも良いかぁーみたいなノリでね（爆笑）。だけど、雨の中、皆が濡れて、凄く若い女の子たちが待っている訳ですよ。あんなに若い女の子たちがいるところなんて、（会場を見渡して）滅多に無いでしょう（爆笑・拍手）？　この会場の人たち、雨に濡れたら三十人ぐらいが肺炎になりますよ（笑）。あの人たちは、肺炎なんかに全然ならないですから、……元気ですからね。

「（会場から）失礼ね」

って、言ってますけど（爆笑）。冗談ですよ、また、そんなぁ……、失礼なことを言っているからこその、落語家なんでしょ（爆笑・拍手）。

この人たちは、ぼくが武道館に入っちゃったら、変な話、もう、何も見えないというかね、中の様子が分からない訳じゃないですか？　だから本当に少しでも長く、この外で応援してくれて、ずぅーっと何時間も待っててくれた皆さんに、ありがとうの気持ちを伝えたくて、心から出たお辞儀だったンです。で、また三段階段を上がって、振り返ったら本当にたくさんの方が雨の中、「頑張ったぁ」って拍手してくれた。「もう、本当に、本当に、本当に、ありがとう」の御辞儀をしていたら、どうやら武道館の中では、大変だったみたいですよ。

「そこがゴールじゃありません！　たい平さぁぁぁん（爆笑）！　時間が間に合わないぃぃぃ！　そこはゴールじゃないンです」

って言って、武道館の中は笑いに包まれたそうです。それで、ようやく走って武道館の中に入りました。

もう、階段もね、途中、走っているときは、下りの階段は、本当に大変だったンです。武道館の階段もよく見ていると、皆、降りられないじゃないですか？「おれも、降りられないンじゃないかなぁ」って思ったら、最後のドーパミンは凄かったですね。ブワァーッと覚醒して降りられてね。いやぁー、良かったです。

師匠のこん平が待っててくれて、抱き合って、「わぁ、嬉しいなぁ」って、本当に嬉しかったです。師匠が待っててくれて。もう、今まで、師匠に三十年世話になって、わぁぁぁって声にならない声で、師匠がぼくを抱きしめてくれて、もの凄く涙が出ている師匠の顔を見たら、上から落ちてきた金色の紙吹雪が（笑）、眼鏡の中にいっぱい積もっちゃってて、笑いたいけど、今は笑う状況じゃない（笑）。その紙吹雪をとってあげた（笑）。もし、未だ録画を残している方が居たら是非観てください（爆笑）。

で、ありがとうございましたって終わるかなっと思ったら、最後、また徳光さんがひょうきん者ですから、横からすぅーっとぼくにマイクを持って来て、

「たい平君、歌ったら？」

って言われて、『愛は勝つ』の「♪　心配ないからね」って、心配ですよ、皆（笑）。百キロも走って来てね。今まで百キロ走って来て、そのあと熱唱したのは、ぼくが初めてだそうです（爆笑）。

と言うことで、『マラソン天下たい平記』を聴いていただきました。休憩・仲入りです。ありがとうございました。

※1　注釈　後席でたっぷり古典落語『甲府ぃ』を演じ、終演時間をオーバーした。

解説

十郎ザエモン

前作「林家たい平　快笑まくら集」の評判が高く、さらに未収録のまくらをたくさん用意しようと、編集担当のK氏が不眠不休の奮闘の上、ようやく完成しました。前作からたった1年とちょっとですが、その間にたい平さんの身にたくさんの出来事が起こりましたね。そんなことも、ここに至る数々の〝まくら〟を読んでいるだけで、上質なドキュメンタリー映画に接するような気分になっていただけたことでしょう。

前回の解説では〝たい平落語〟の魅力について、かなりさまざまな視点から書かせていただきましたので、今回は重複を避けるため、そんなたい平さんをとりまく落語界や落語の用語について簡単な解説をいたしたいと思います。でも〝たい平落語の魅力についての解説〟を読みたい――と思った方は、前作「林家たい平　快笑まくら集」をご参照くださるようお願いいたします。

さて落語家さんは現在どれくらいいるのでしょうか。実は驚くことに、関東と関西合わせて800~900人ほどいるのです。

そしてその中でみなさんが落語家として認識している人が、いったい何人いるのでしょうか。

すぐに頭に浮かぶお名前は多くないでしょうね。10人ほどのお名前が上がるのであれば、ご存じのほうかもしれません。もちろんその中に、この林家たい平の名前があるのは当然ですね。それほどに「笑点」のメンバーであることは大きな意味を持っています。しかし先ほど言いましたようにあの番組は、落語家の仕事の一部であることを分かっていただかなくてはなりません。では落語家とは、いったいどんな存在なのでしょうか。このあたりを分かりやすく解説していこうと思います。

まず、落語家ってどうすればなれるの?という基本的な疑問について。

これは簡単と言えば簡単ですが、ある意味難しいです。関東の落語家の場合、真打の師匠に弟子入りを志願し、入門を許されたときに落語家となります。ただし落語家には身分制度があり、まずは修行の段階の身分、これが〃前座〃、実際には前座の前に〃見習い〃という段階があり、ここでダメなら入門さえ出来ません。この前座が3~8年、寄席の楽屋での下働きや師匠の家の掃除からカバン持ちなど雑用一切を受け持ちながら、落語を覚えていく段階です。たい平さんの場合は、さらに厳しい修行時代だったようです。武蔵野美術大学を卒業後、師匠・林家こん平に弟子入りし、ほぼ6年半ほどを大師匠林家三平の実家である根岸宅の3畳間に住み込み、20代の若い時代を修行に過ごしたとのこと。いまどきは、通い弟子と言って自宅から通うことが普通ですので、24時間、自分の自由時間がないわけですから、さぞかし大変だったろうことは想像できますよね。

そして次が〝二つ目〟、ここから落語家として自由に仕事ができ、前座時代には許されなかった羽織を着ることができるようにもなります。この時代を8〜10年ほど過ごして真打という身分になり、ここで初めて師匠と呼ばれることになるのですが、たい平さんは早々とその実力と面白さが認められ、2000年に7人抜きで真打に、他の方々より少しだけ先になりました。

補足すると、実は関西には、この身分制度というものが存在しませんので、事情が少しだけ違ってまいりますが、ここでは紙面の関係上省かせていただきます。

落語家のホームグラウンドと言えば、横浜にぎわい座で催される会は別にすると、常に落語を中心に運営している常打ち小屋である寄席ということになりますが、現在は東京に5軒あり、上野・鈴本演芸場、浅草・浅草演芸ホール、新宿・末廣亭、池袋・池袋演芸場、半蔵門・国立演芸場となります。当然たい平さんはこの5か所のどこかにレギュラーで入ることが多々あり、中でも寄席の入り口に大看板が掲げられる主任《トリ》を務めることがよくあるのです。基本的に寄席は1か月を三つに区切り、上席、中席、下席と10日間興行ですので、たい平さんが主任を務める時期を見計らって行くのがいいでしょうね。さらに付け加えれば、主任というのは、その人の名前でお客様を集めることができる人だけしか務めることはできません。真打になればその主任になる資格だけは持てますが、誰でもがなれるわけではないということも知っておいてください。東京以外にお住まいの方は、たい平さんのホームページなどをチェックしておけばタイミングを見つけることができますよ。

さて寄席のシステムを大まかに言いますと昼席と夜席があり、それぞれ3時間半から4時間ほどで番組を構成しています。小屋によって違いますが、落語家が10人から15人ほど出演し、間に色物さん（落語以外の芸種をすべてこう呼びます）漫才、手品、曲芸などを挟みつつ主任の師匠までをつないでいきます。実はここでもそれぞれの落語家さんは、全体の流れとのバランスをうまくとりながら噺をやるのですが、出番が後の人ほど落語の演目が重ならないよう気をつけなければならないことは当然で、同種の噺を避けるのです。たとえばAという落語家が泥棒の噺をした後の高座に上がる人は、泥棒の噺はしないことや、同じく酔っ払いの噺の後に、酔っ払いの噺をしないなど、これは寄席における不文律です。これは同じ種類の噺をする場合、昔からある基本的な〝まくら〟が存在していて、同系統の噺をしようとするとまったく同じ〝まくら〟をお客様が聴かされるハメになってしまい、当然一度聴いたくすぐり（ギャグ）は笑えませんから、そこでお客様が飽きてしまわないようにする配慮といったことでしょう。

ただしたい平さんの場合だけは少しだけ違うかもしれません。というのもここでお読みなったように、昔からある基本的な〝まくら〟をあまり使わないからなんですね。

ちなみにテレビ「笑点」が流行の元になった〝大喜利〟という言葉ですが、現在は〝お笑い芸人が横に並んで司会者から与えられる問題に気の利いた回答をすること〟という意味にとらえられていることが多いかと存じます。これはもともと寄席でトリをとる芸人がいなかった際に、その日に出演した複数の落語家が登場し、お客様からの要望に応じて余芸（踊りや歌、または〝なぞかけ〟や〝問答〟など）を披露しあうことを指していたのだそうです。その中の〝なぞかけ〟や〝問答〟部分が拡大解釈されて、現在の大喜利と呼ばれる形になったものですので、そんなことも知っていると、ちょっとだけ自慢できるかもしれません。

いろいろと寄席のことについて書いてまいりましたが、いかがでしょうか。まだ行ったことのない方、一度寄席にお出かけになってみては。

もちろん、さまざまなホールでも独演会という形や、ホール落語という形式で何人かの落語家が出演する会などがありますので、こまめに情報を集めてみてくださいね。

たい平さんの凄さについては、今さら申し上げるまでもないのですが、あのマラソン完走に至るまでの過程を読んでこられた方には、さらにおまけの情報を付け加えておきます。実はこの「林家たい平　特選まくら集」発行にさかのぼること約2か月前の10月19日にたい平さんの最新CD「ぞろぞろ、金明竹、千両みかん」が発売になりました。実はこのCD制作において、まさにあのチャリティ・マラソン完走の週に、さまざまな原稿の締め切りが重なっていたのです。私はそのCDの制作プロデューサーですので、そんなランニング練習や地方の落語会等の仕事の合間に、CDのジャケットに掲載する原稿やイラストを描き上げていただくようたい平さんに頼んでいたことが、実に心苦しい限りではありましたが、発売日を守るためには致し方ない状態だったのです。ところが締め切りを何とか調整しなければならないかなあと思い始めたあのマラソンの当日に、たい平さんから宅急便が届いたのです。中には落語の解説原稿と、美しい手書きのイラストが入っていました。後でマネージャーに聞くとあのマラソンを走る前夜に、午前3時ごろまでかけて描き上げたのだそうです。明日１００ｋｍを走らなければならない中でのその姿、たい平さんの努力と真面目さと凄さに、只々脱帽したという次第です。この本をお読みになった後に、そのＣＤを聴くと、また一味違ったたい平落語が楽しめるかもしれませんね。

◆十郎ザエモン プロフィール◆

本名　眞柄久義（まがら・ひさよし）

1952年　東京生まれ　子供の頃からの落語好き
1968年　都立日本橋高校へ進み落語研究会へ入部、近所の人形町末広亭に通う
1971年　獨協大学英語学部へ進み　軽音楽部所属、ロックバンド結成
1976年　RVC株式会社入社　洋楽宣伝部
1984年　株式会社ミディ設立に参加
1993年　コロムビア音楽出版株式会社入社　後に取締役就任
1998年　この頃より落語家との交流も深くなり落語のCD制作を開始する
2004年　ゴーラック合同会社設立　落語CDのプロデュースを専門に現在に至る

「演目当てクイズ」　答えあわせ

演目当てクイズ1　金明竹
演目当てクイズ2　寿限無
演目当てクイズ3　干物箱
演目当てクイズ4　井戸の茶碗
演目当てクイズ5　明烏
演目当てクイズ6　つる
演目当てクイズ7　居残り佐平次
演目当てクイズ8　ぞろぞろ
演目当てクイズ9　宿屋の富
演目当てクイズ10　堪忍袋

QRコードをスマホで読み込む方法

特典頁のQRコードを読み込むには、専用のアプリが必要です。機種によっては最初からインストールされているものもありますから、確認してみてください。

お手持ちのスマホにQRコード読み取りアプリがなければ、iPhoneは「App Store」から、Androidは「Google play」からインストールしてください。「QRコード」や「バーコード」などで検索すると多くの無料アプリが見つかります。アプリによってはQRコードの読み取りが上手くいかない場合がありますので、いくつか選んでインストールしてください。

アプリを起動すると、カメラの撮影モードになる機種が多いと思いますが、それ以外のアプリの場合、QRコードの読み込みといった名前のメニューがあると思いますので、そちらをタップしてください。

次に、画面内に大きな四角の枠が表示されます。その枠内に収まるようにQRコードを映してください。上手に読み込むコツは、枠内に大きめに納めること、被写体との距離を調節してピントを合わせることです。

読み取れない場合は、QRコードが四角い枠からはみ出さないように、かつ大きめに、ピントを合わせて映してください。それと、手ぶれも読み取りにくくなる原因ですので、なるべくスマホを動かさないようにしてください。

『紙屑屋』

【録音データ】2006年９月３日　埼玉県秩父市歴史文化伝承館
林家たい平　特別独演会にて録音

林家たい平が、『笑点』の大喜利メンバーとして出演した２年目の秋、故郷・秩父の歴史文化伝承館でDVD収録の為に開催した特別独演会で演じた演目。得意のモノマネから、花火、浪曲の声色など、故郷の観客を楽しませる笑いネタのオンパレードで構成されている。古典落語に現代のセンスを強烈に入れ込む「たい平落語」をご堪能あれ。

パスワード　06090303

『粗忽の釘』

【録音データ】2006年9月3日　埼玉県秩父市歴史文化伝承館
林家たい平　特別独演会にて録音

粗忽者の大工とその女房が、引っ越し先の長屋で大騒動を引き起こす。滑稽噺の会話をシットコム風に飛躍させ、現代の時事ネタを巧みに取り込んだ「たい平落語」の真骨頂。

女房と大工、大工とお隣さんの会話のすれ違いが、実に楽しい一席となった。林家たい平師の持ちネタの中で、爆笑を誘う絶対エース的な存在の演目。

パスワード　06090304

Mystery & Adventure

竹書房の落語 文庫&書籍

立川談志 まくらコレクション
談志が語った〝ニッポンの業〟

立川談志・著　和田尚久・構成

立川談志に禁句は無い！天災落語家が、昭和・平成の世相を斬った珠玉の「まくら」集！スマホで聴く落語三席QRコード配信頁付。

林家たい平 快笑まくら集
テレビじゃ出来ない噺でございますが、

林家たい平・著　十郎ザエモン・解説

林家たい平のテレビじゃ見られない落語家の顔。テレビ番組『笑点』出演の人気落語家の話芸で、世の中がたまらなく面白くなる！

立川談志 まくらコレクション
夜明けを待つべし

立川談志・著　和田尚久・構成

語落語界の風雲児、「この世の本質」を語る！落語とは？ 人間とは？ イリュージョンとは？ 核心を突く批評眼で21世紀を斬る！

落語三昧！
古典落語／名作・名演・トリヴィア集

著者・柳亭市馬／瀧川鯉昇／柳家花緑／古今亭菊之丞／三遊亭兼好／古今亭文菊

コミック「昭和元禄落語心中」登場の古典を主にした豪華ラインアップの徹底的落語ガイド。名作を読み、名演を聴く、雑学を知る。

TA-KE SHOBO

古典落語　知っているようで知らない噺のツボ

著者・柳家花緑／桃月庵白酒／三遊亭兼好／十郎ザエモン

知れば古典落語がもっと面白くなる。オチの理由、噺の背景、江戸の常識等々。スマホで聴く落語九席QRコード配信頁付。

柳家花緑の同時代ラクゴ集　ちょいと社会派

藤井青銅・著　柳家花緑・脚色 実演

平成の世を落語にするとこんなに面白い！現代日本の時事を放送作家・藤井青銅が落語にして、柳家花緑が洋装で語った十三篇。

立川志らく　まくらコレクション　生きている談志

立川志らく・著

「落語家の中で才能ならば志らくが一番だ」と立川談志に評された志らくが〝まくら〟で語った談志論が、文庫で味わえる！

林家たい平　特選 まくら集
高座じゃないと出来ない噺でございます。

2016年12月15日　初版第一刷発行

著 …… 林家たい平
解説 …… 十郎ザエモン
編集人 …… 加藤威史
編集協力 …… オフィスピーワン
構成協力 …… 十郎ザエモン
協力 …… 横浜にぎわい座
ごらく茶屋
株式会社 夢空間
(公財) 三鷹市スポーツと文化財団
配信音声 …… 小倉真一
ブックデザイン …… ニシヤマツヨシ

発行人 …… 後藤明信
発行所 …… 株式会社竹書房
〒102-0072　東京都千代田区飯田橋２－７－３
電話　03-3264-1576（代表）03-3234-6224（編集）
http://www.takeshobo.co.jp
印刷・製本 …… 凸版印刷株式会社

■本書の無断複写・複製・転載を禁じます。
■定価はカバーに表示してあります。
■落丁・乱丁の場合は竹書房までお問い合わせ下さい。
※本作特典のＱＲコードによる音声配信は、2018年６月末日で配信終了を予定しております。予めご了承下さい。
ISBN 978-4-8019-0941-0 C0176
Printed in JAPAN